摺師安次郎人情暦

こぼれ桜《ざくら》

梶よう子

角川春樹事務所

目次

こぼれ桜《ざくら》

摺師安次郎人情暦

〈主な登場人物紹介〉

安次郎――摺師。通称おまんまの安。神田明神下、五郎蔵店に住む。
女房のお初に先立たれ、子の信太はお初の実家、
押上村に預けていたが引き取る。摺師としての腕は一流。

直助――安次郎の兄弟弟子。安次郎を尊敬し、
自ら「こまんまの直」と名乗る。
岡っ引き仙吉の手伝いもときどきしている。

長五郎――摺師の工房、摺長の親方。
火事で家族を失った安次郎を引き取る。
安次郎の良き理解者。

おちか――長五郎の娘。直助が好意を寄せる相手。

友恵――安次郎の幼馴染み。一橋家に仕える大橋新吾郎の妹。

おたき――五郎蔵店で安次郎の部屋の向かいに住んでいる
お節介でお人好しの婆さん。
安次郎の世話をなにかとしてくれる。

第一話

縮緬の端切れ

一

松も取れ、商家の藪入《やぶい》りも終わった。藪入りの日は、実家に戻り成長した姿を見せられる者もいるが、遠国から江戸店《えどだな》に来た小さな奉公人たちは主人からこづかいをもらって、賑《にぎ》やかな町に繰り出して、菓子や団子を買い食いし、玩具《おもちゃ》を買い、大道芸に眼《め》を瞠《みは》る。

子どもたちが、本来のやんちゃな顔を取り戻す日でもある。

摺師《すりし》の安次郎《やすじろう》は、亡き女房、お初《はつ》の実家を子の信太《しんた》とふたりで訪れ、正月を祝った。押上《おしあげ》にいる舅姑《きゆうこ》には、お初が死んですぐ、赤子の頃《ころ》から預けていた。が、今年は違う。昨年から神田明神《かんだみようじん》下《した》の五郎《ごろ》蔵店《ぞうだな》で信太とともに暮らし始めたからだ。

舅姑は信太と離れてまだ一年にも満たないながらも、「大きくなった、大きくなった」と涙を流して喜んだ。しかし、信太の右手の親指がやはり使えないことを、ふたりは嘆いた。

歳上《としうえ》の従兄弟《いとこ》と遊んでいたとき、転んだ拍子に親指の骨を折ったのだ。

だが、信太は懸命に左手で箸《はし》を使えるようにし、独楽《こま》まで回せるようになった。

それを舅姑の前で披露して堂々と胸を張った。

偉いなぁ偉いなぁ、と舅姑は、またもや涙を流した。

大晦日《おおみそか》から一晩泊まり元旦《がんたん》をゆっくりと過ごしたが、安次郎の仕事始めは二日だ。帰り仕度を始めると、姑《しゆうとめ》がどうしても信太を離さなかった。信太も里心というのか、赤子の頃から母親代わりだった姑と離れがたくあったのだろう。安次郎は無理強いせず、ひとりで神田に戻ることにした。

藪入り後に戻すと舅《しゅうと》はいっていたが、まだ帰って来ない。そろそろ迎えに行くべきかと思い始めたその日だ。

「兄ぃ兄ぃ、大ぇ変《てえへん》だ、一大事だ」

直助《なおすけ》が『摺長《すりちょう》』の摺《す》り場《ば》に飛び込んで来た。

「ああ、うるせえ。また直助の『大ぇ変だ』だよ。今日は親方がいねえから助かったな、直助」

安次郎の向かいに座る中年の職人がからかうような物言いをする。

どこから走ってきたものか、足元はふらふらで荒い息を吐きながら、言葉を発せず、ぺこりと頭を下げた。いいさ、直助の馬鹿は治らねえからな、と紙を手に取り、版木の見当に合わせた。

安次郎は苦い顔をする。

「どうした、直」

安次郎の摺り台の前にどかりと座り込んだ。

「い、い、伊之助《いのすけ》さんが――」

苦しげな声で途切れ途切れにいった。

伊之助は『彫源《ほりげん》』の彫師《ほりし》だ。安次郎はなにかあったのかと気にはなったが、摺り台にはもう色を置き、紙も載せてあった。途中で放《ほう》り出すわけにはいかない。

「待て。こいつを摺っちまってから聞く。それまでに息を整えろ」

直助はカクカク頷《うなず》くと、ごくりと生唾《なまつば》を飲み込んだ。

安次郎がいま摺っているのは役者絵だ。いま猿若町《さるわかちょう》で掛かっている芝居の三枚続きだった。女形の役者は当代の人気者。おそらく売り出されれば、絵双紙《えぞうし》屋の店先は女子《おなご》たちで騒ぎになるだろう。

安次郎は、ぎゅっと馬連《ばれん》を握る。

椿油《つばきあぶら》を染み込ませた布の上で、馬連を一旦《いったん》滑らせる。そうすると、紙の上でなめらかに摺ることができるのだ。

「で、伊之助さんがどうかしたのか？」

安次郎は摺り終えた紙を丁寧に脇《わき》に置く。

直助は一刻も早く伝えたいのか、苛々《いらいら》と脚を揺すっていたが、一旦、気を落ち着け、口許《くちもと》を引き締めてからいった。

「伊之助さんが、お縄になったんですよ」

え？　安次郎は眼を見開いた。他の職人たちも驚き、思わず手を止めた。

「なにがあったんだ」

安次郎は直助を見つめた。

「今朝、仙吉《せんきち》親分のところに久しぶりに顔を出したんですが」

直助は、神田明神界隈《かいわい》を仕切っている岡《おか》っ引《ぴ》きの仙吉の手伝いをときおりしている。捕物《とりもの》に出たりはしないが、市中を走り回って、仙吉に風聞や噂《うわさ》をもたらす手下のようなものだ。

「それで？　とっとと肝心なことをいえよ。回りくどい」

安次郎の険しい口調に、直助はびくんと身を震わせた。苛々していたくせに、いざ口を開くと本筋が見えない物言いになっていた。

「それが、女がらみだったんで」

「女？」

摺り場の職人たちも、むろん安次郎も呆気《あっけ》に取られた。

「渡りの新吉《しんきち》ならありえねえ話じゃねえが」

誰《だれ》かがいった。新吉は決まった摺り場を持たず、馬連一枚で摺り場を渡り歩いている摺師だ。摺長にも助《す》けで来たことがある二枚目で口が達者なせいか、女好きと勘違いされることが多い。まあ、女子に対しては確かに口が上手《うま》いのだが。

「伊之助さんが、女になにをしたんだ？　怪我《けが》でもさせたのか」

安次郎が質《ただ》すや、それが酷《ひで》えんだ、と直助は唾を飛ばして身を乗り出した。

「汚ねえな、紙に飛ばすんじゃねえよ」

安次郎がいうと、

「んなことに構ってる場合じゃねえんですよ。いまは本所《ほんじょ》の番屋に留め置かれてますが、下手すりゃ、大番屋に送られちまう」

「大番屋だと？」

安次郎は思わず大声を出した。番屋での吟味で埒《らち》が明かない、あるいは罪を認めた場合には、大番屋でさらに厳しく詮議《せんぎ》を受けることになる。

「罪は認めてねえんだろ？」

直助は頷いた。

「当たり前ですよ、身に覚えっていうか、身に覚えはあっても、騙《だま》されたんですから」

おいおい、と古参の束《たば》ねの職人が立ち上がった。

「どうにもおめえの話は要領を得ねえ。こんがらがった頭をまずきっちり整えてから話せ」

へい、と直助は唇を尖《とが》らせた。

「あらためて聞くが、なぜ伊之助さんがお縄になったんだ？」

安次郎が落ち着いた口調で訊《たず》ねる。

直助は、うーんと唸《うな》って顎《あご》を上げた。束ねの職人にいわれた通り、頭の中を懸命に整理しているのだろう。

皆が耳を澄ませていた。

「あら、どうしたの？　みんな静かになっちゃって」

長五郎《ちょうごろう》の娘のおちかが摺り場に姿を見せた。今の今まで、眉間《みけん》に皺《しわ》を寄せていた直助の顔が急にでれんと緩む。直助はおちかにほの字なのだ。

「直助、しゃんとしやがれ」

束ねの職人が怒鳴った。

「あ、すいやせん」

「おちかちゃん、なにか？」

安次郎が声を掛ける。

「ああ、そろそろお茶でもと思ったのだけど。なにかあったの？　後にする？」

「いや、今のほうがいいかもしれません。皆、手が空いているようなので。お願いします」

安次郎がいうと、おちかはうんと頷いた。

「じゃあ、版元《はんもと》さんからいただいたお饅頭《まんじゅう》もつけるわね。喜八《きはち》ちゃん、手伝ってくれる？」

は、はい、と喜八は話の続きが聞きたかったのだろう、後ろ髪をひかれるようにこちらを振り向き振り向き、立ち上がった。

「よし、頭ん中はちゃんとしたか？」

安次郎は直助を見た。

直助はこくりと首を縦に振って、口を開いた。

聞けば、確かにややこしい話だった。

伊之助がある絵師と茶屋娘の仲立ちをした。まだ駆け出しの上方の絵師で、江戸の様子がわからない。本所の絵双紙屋の食客として暮らしていたが、一枚絵を出せることになったという。そこで像主となる娘を探していたらしく、回向院《えこういん》の境内《けいだい》の茶屋で働く娘に眼をとめた。それが伊之助の知り合いであるおさいという十六歳の娘だった。

伊之助は、絵師とおさいを引き合わせた。絵師は数日、茶屋に通っておさいを描《か》いた。

ところが、開板されたのは一枚絵ではなく、袋入りの半紙本。袋の表には茶屋と娘の名もしっかり記されていた。一見すれば、普通の絵本だが中身は枕絵《まくらえ》だったのだ。

おさいが働く茶屋には、その姿をひと目見ようと見物人が押し寄せた。当の本人にしてみれば、錦絵《にしきえ》と聞いていたはずが、絵本。しかも好色本に化けていたのだから驚きだ。むろん、おさいは着衣のままで絵師に描かせたという。

顔だけおさいに似せてあるが、裸体もあられもない姿態も本人ではないのだ。しかし、枕絵を見て来た男たちにはどうでもいいことだ。おさいの身体《からだ》を上から下から無遠慮に舐《な》め回すように見る。中には、絵本の詞書《ことばが》きをそのまま真似《まね》たり、茶代を弾んでもおさいがなびかないと怒鳴ったりする不届き者まで出る始末だった。

おさいはそうした客たちに耐えかね、怒りをあらわにして、伊之助のいる彫源に茶屋の主人とともにやって来た。

茶屋の主人の仲立ちで、この三月には、さる商家に嫁入りすることが決まっていたのだが、此《この》度《たび》の枕絵本で、話がおじゃんになったと号泣した。

どうしてくれると、泣いて迫られたところで伊之助は絵師とおさいを会わせただけ。それ以上は知らないと突っぱねた。

あくまで白を切り通すなら、こっちにも考えがある、と茶屋の主人は件《くだん》の好色本を持って、御番所に駆け込んだ。それで、伊之助はお縄になったというのだ。

「待てよ、伊之助さんにはなんの罪もねえじゃねえか」

「そうだそうだ。だいたいそんなもの、版下絵を見りゃすぐわかるだろうが。彫源さんで艶本《えんぽん》を受けたとしたらなおさらだ。伊之助さんひとりのせいじゃねえ」

職人たちが口々に言い募る。

「けど、枕絵本には彫源でなく、伊の字が入っていたんでさ」

直助が皆の剣幕に身を竦《すく》ませて、おずおずいった。

「はあ？　そんなはずはねえだろうよ。艶本に誰がてめえの名を彫り込むんだよ。お上が禁止しているワ印を彫ったのはおれだって威張って見せても何の得にもならねえぞ。絵師だって、隠号を使うんだぜ」

年長の摺師が吐き捨てた。

春画、枕絵、艶本などはワ印ともいわれる。お上はこれらの版行を許可しておらず、取り締まりの対象となっている。

隠号は絵師がお上にはばかって用いる名だ。歌川国貞《うたがわくにさだ》は不器用又平《ぶきようまたへい》、歌川国芳《くによし》は一妙開程芳《いちみようかいほどよし》がよく使われている。

正直、それらの隠号も世間では知られているのではあるが。

お上に知れると、版木は削られ、版本は裁断され、版元や絵師は過料（罰金）が科される。

摺り場の職人たちがあだこうだといい合っていたが、安次郎とて同じ気持ちだ。

「伊之助さんがひとりで引っ被《かぶ》ることはねえだろう？　その絵師と版行した版元はどうしたんだよ。板木屋も摺師も本綴《ほんとじ》職人だっているじゃねえか。とっ捕まるなら、一蓮托生《いちれんたくしょう》だろうが」

摺り場の職人たちがぎょっとしたように安次郎へ眼を向けた。直助も眼をぱちくりさせている。

普段は冷静な安次郎が大声を上げたのに皆、驚いているのだ。安次郎自身も、声を荒らげていたことに気づき、

「すいやせん、ついついデカい声をあげちまって」

と、皆に頭を下げた。

彫師の伊之助だけが罪を背負うのがどうしても我慢ならなかったのもある。

倅《せがれ》の信太は右手の親指を骨折して使えなくなった。今は左手を用いているが、信太は彫師になりたいという夢を持っている。伊之助は、その信太の面倒をいずれ見てくれると請け合ってくれた情に厚い男ということだけでなく、性状は真《ま》っ直《す》ぐで、きっちり仕事をこなす職人だ。このようなくだらないことでしょっぴかれるなどあってはならない。ましてや、自ら彫った版木ではないのだ。

安次郎は、直助を見た。

「おれの聞きたいのは、なぜ伊之助さんだけがお縄を受けたのかってことだ」

直助が困ったように、いった。

「誰もいねえんですよ。絵師も版元も、摺師も。忍びよろしく、ドロンと消えちまったんでさ。

売っていたのも床店《とこみせ》らしく」

「つまり、その絵師が食客になっていたのは、絵双紙屋っていっても店を持っているんじゃなく、干見世《ほしみせ》だけってことか」

そう返したものの、皆が消えるなんて話があるものか。安次郎はやはり得心がいかなかった。

「ですから、騙されちまったんですよ。悔しいったらありゃしねえ。きっとそいつらは稼ぎだけ持って逃げたんでしょう」

安次郎は唸った。伊之助はなにゆえそのようなことに巻き込まれたのか。人が好《よ》すぎるのが仇《あだ》になるのは嫌なものだ。

しかし、好色本でさほどの儲《もう》けがあったとも思えない。

「ったく、伊之助さんもつまらねえことでお縄を受けちまったなぁ。認めちまえば、過料ですむんじゃねえのか？」

中年の摺師がいって、とき棒で色を作り始めた。

「そいつはねえでしょう。あの伊之助さんですよ。てめえが彫ってねえものを彫ったとは意地でもいわねえでしょう」

安次郎は伊之助の顔を思い浮べた。細面で優しそうだが、いざという時の眼は厳しい。

伊之助も左利きということで、信太のことを頼むような形になったが、伊之助自身の過去は何も知らない。職人同士、仕事の上で気が合えばそれで済んでしまう。

わざわざ相手の生い立ちやら、暮らし向きなど詮索《せんさく》する必要はない。

ただ、その娘と伊之助はどのような知り合いだったのか、それが気になった。伊之助が通う彫源は浅草《あさくさ》の田原町《たわらまち》だ。大川《おおかわ》を越えて本所へ行くこともなかったとはいえないが、絵師へ仲立ちするほど、おさいという娘とは気心の知れた間柄であったのだろうか。

と、

「お待たせぇ」

おちかと喜八が摺り場に入って来た。

急須《きゆうす》と湯呑《ゆの》み茶碗《ぢやわん》を載せた盆を喜八が持ち、饅頭を入れた籠《かご》をおちかが持って来た。

「さ、手が空いてる人はお休みしてね」

おちかの明るい声が摺り場に響いて、皆、少しだけ伊之助のことを脇に置いた。

職人たちが、摺り場から続いている座敷に移る。いつもは親方の長五郎がでんと構えている長火鉢を取り囲むように、車座になって座った。まだ幼い者たちも嬉《うれ》しそうに饅頭に手を伸ばす。

束ねの職人は、早速煙管《キセル》に煙草《タバコ》を詰めた。

「けどよぉ、こいつは運が悪かっただけじゃ収まらねぇよ」

そういいながら赤い炭に煙管を近づけて、火をつける。

「あら、版木になにかあったの?」

おちかの問いに、直助が饅頭を頬張《ほおば》りながらいった。

「いえ、版木にゃ何もありませんよ、ただね、伊之――」

「直助! てめえ、今日も遅れて来やがったくせに、饅頭食っててんじゃねえよ」

束ねが直助の頭を張った。

「痛ぇなぁ。親方には拳骨《げんこつ》くらうし、束ねにゃ、張り飛ばされるし、もう頭がどうかしちまいますよ」

むすっとして直助が頭のてっぺんを撫《な》でる。

「おめえの頭は少しぐれえ呑気《のんき》にしていたほうがいいんだよ」

ちぇっと直助が舌打ちすると、おちかがくすくす笑った。

途端に直助の機嫌が直る。

「直助さんってみんなに好かれているのね」

「好かれているわけないじゃないですか。人の頭を寄ってたかって遠慮なく叩《たた》くんですよ。木魚《もくぎょ》じゃあるめえし」

あはは、とおちかが声を出して笑いながら立ち上がり、工房を出て行った。廊下から奥へと去っても笑い声が聞こえてきた。

「おれ、そんなにおかしいことといいましたか？」

「知らねえよ。おちかちゃんは箸が転がってもおかしい年頃だからな。でも笑わせてやったんだからいいんじゃねえか」

え？　そうですよねぇ、と直助はまんざらでもない顔をした。

安次郎は憮然《ぶぜん》と直助を見やった。

「しかしなぁ、彫源だって、たまったもんじゃねえだろうなぁ。伊之助さんがいねえとなると仕事のはかがいかねえのじゃねえか」

中年の摺師がいった。

「彫源からの版木はあるのかい？」

「いまはねえですね」

束ねと年長の職人が話している。束ねがほっとしたような顔をしつつも、

「だいたい、おかしくはねえか。なんで伊之助さんが彫ったように仕組んだのか。別に彫師の名

なんぞ入れなくても良さそうなもんじゃねえか。ましてや好色本だぜ」

眉間に皺を寄せた。

「それに、あの伊之助さんが彫ったとしても、それを描いたのは絵師だし、出したのは版元だ。茶屋の娘が伊之助さんを責め立てるのは、お門違いだと思うんですがね」

若い摺師の甚平《じんぺい》が口を挟んだ。

つまり、誰かが伊之助を嵌《は》めようとしたということか。

それは彫師なら誰でもよかったのだろうか。それとも、伊之助でなければならない理由があったのだろうか。

伊之助の知り合いという茶屋娘をわざわざ選んだことも。

床店にして、すぐに姿を消せるようにしていたのも。

版木に伊の字を彫ったことも。

そうしたことから考えても、伊之助はそいつらに嵌められたのではないかという思いが強くなってくる。

安次郎は歯噛《はが》みをした。版木を見れば、伊之助の彫りかどうかはすぐにわかる。伊之助の毛割《けわ》りは、一分（約三ミリ）に十本。常人ではとても真似ができるものではない。

細かい画《え》になればなるほど、伊之助の彫りは冴《さ》えるのだ。

安次郎は、ああ、と呟《つぶや》いた。

「直。その好色本は手許《てもと》にねえのか？　摺りだけ見ても、伊之助さんの彫りかどうかはわかるはずだ」

「あ、そうか。なんで気づかなかったんだろう」

直助が饅頭を口に押し込んで、茶で流し込んだ。

「じゃあ、行ってきま――」

す、といい終わらないうちに、直助は柔らかい物にどんと当たって、弾《はじ》かれた。

「仕事はどうしたい、こまんまの直さんよぉ」

親方の長五郎だ。

「おうおう、皆がこぞって饅頭食ってるたぁ、いいところへ帰《け》えって来たもんだ」

「寄合い、ご苦労さまでした」

束ねがいうと、長五郎が、むうと苦虫を噛み潰《つぶ》したような顔をした。

「なんでもよ、彫源の伊之助が捕まったってなぁ」

そういって、長火鉢の前に座った。

「いま、皆でその話をしていたとこでさ」

中年の職人が長五郎の言葉を受けた。

「知っていやがったか。大方、直の大ぇ変だ、じゃねえのか」

「ご明察」

直助が調子よく返すと、

「ほんにてめえは」

長五郎はあきれ返りつつ唇をへの字に曲げた。

「まあ、どんな経緯《いきさつ》があったか、伊之助の野郎、ともかくてめえは彫ってねえといったきり、他はなんも話さないらしい」

長五郎はため息を吐《つ》いた。

「彫源じゃ、伊之助がいねえから、大童《おおわらわ》だ。伊之助が受けている仕事もあるからなぁ。さて、助《す》けてやりてえところだが」

長五郎が思案する。

「親方、その好色本を手に入れるよう、直を走らせようと思ったんですが」

安次郎がいうと、長五郎が眼を見開いた。

「なんでえ、そうかよ。そんなら直、さっさと行け。こういうときに、仙吉親分の手下ってのが活《い》きてくるんだ」

なんだよ、仕事はどうしたいっていったくせによ、と直助はぶつぶついったが、

「早く行け！　尻《しり》をぶっ叩くぞ」

長五郎に怒鳴られ、すっ飛び出た。


一刻（約二時間）もしないうちに、直助は戻ってきた。

「手に入りましたよ。こいつです」

直助が腕を上にあげながら、摺り場に入って来た。長五郎はすぐさま、それを渡せと手を伸ばす。すぐさま丁を繰り、長五郎は唸った。

「こいつはまた、えげつねえものを描きやがって。歌麿《うたまろ》の品の良さを教えてやりてえくれえだ。上方の絵師だっていう話だったな」

どれどれと、職人が雁首《がんくび》を揃《そろ》えて、長五郎を取り囲んだ。

長五郎がいうように、男と女の交合図があまりにも酷《ひど》い。おさいは様々な男たちとまぐわい、まるで色狂いのような描き方をされている。

これでは、おさいでなくとも、像主となった女は羞恥《しゅうち》と憤りとでどうにもならなくなるだろう。おさいの茶屋に男たちが物見に押し寄せるのも頷けた。

それだけ、生々しい。

実物のおさいは知らないが、瓜実顔《うりざねがお》で切れ長の眼に受け口。男心をそそる顔つきをしている。

「やれやれ、ほんとに伊の字が彫り込まれていやがる」

だが、

「これは伊之助さんの彫りじゃありませんよ」

安次郎はいった。

それには職人たちも同意する。皆が彫源からの版木を扱っているのだ。伊之助の彫りを見ていないはずはなく、すぐに見分けられる。

どう見ても、腕が劣る。淩《さら》いもろくにしていないようだ。細かい線が所々切れてもいた。

「まったくだ。こんな彫りが伊之助さんのはずはねえや、なあ」

束ねが大声でいった。

長五郎も舌打ちした。

「摺りも素人じゃねえか。墨一色でも、角にかすれが出ていやがる。見たくもねえや。ただ、稼ぎだけを狙《ねら》って素人集めやがったか」

長五郎のいうとおり、馬連の扱いがなっちゃいない。

これを伊之助は見たのだろうか。

なおさら、伊之助は自分の彫りと比べてくれと番屋でいうのではないか。

この粗い彫りと伊之助の熟練の彫りの差は歴然だ。

やはり、伊之助には隠していることがある、あるいはいえないなにかがあるのか。

「直、伊之助さんと会わせてくれるよう仙吉親分に頼んでくれねえか?」

「兄ぃの頼みでも、ちっと時がかかるかもしれませんね。伊之助さんは、本所の番屋につながれております。親分が預かってる土地じゃねえし、本所の岡っ引きに仁義をきらねえといけねえ」

「そんなことに構っている暇はないだろう? 伊之助さんは現に捕まっているんだ。口を割らなきゃ大番屋に送られちまう。そこでどれだけきつく責められるかわからねえぞ」

直助は身震いした。

「けどよ、安さん。たかがワ印の彫りだ。厳しいといっても、足腰立たなくなるまで責められやしねえさ」

「けど、おやっさん」

安次郎は束ねを見る。

「伊之助さんは頑として、彫ったことを認めていねえんですよ」

「よしっ」

と、長五郎が立ち上がった。

「こいつを持って彫源に行ってくる。それから、本所の番屋へもだ」

「おれも」

安次郎が身を乗り出すと、長五郎がぎろりと眼を剝《む》いた。

「仕事をしてろ。こういう時には親方のおれが出て行かなきゃ埒が明かねえ。彫源もな」

長五郎は枕絵本を懐《ふところ》にねじ込んだ。

伊之助のことが頭から離れなかったが、仕事だけは続けなければならない。鐘の音がする度に、気がそぞろになる。

彫りのことだけじゃない。娘の縁談が流れたことも、伊之助のせいになっている。だとしたら、これはどういう裁きになるのかわからない。

「兄ぃ。仙吉親分がいってたんですがね、娘の嫁入り先ってのが、日本橋《にほんばし》の『里見《さとみ》』って菓子屋だったそうで」

直助がこそっといった。版木の上に色を置く安次郎の手が止まった。

「そいつは、本当か？　結構な大店《おおだな》じゃねえか。茶屋娘が嫁に入れるような家じゃねぇ」

「玉の輿《こし》ってやつですよぉ。茶屋の主人は親代わりってんで相当、張り切っていたらしいですからね」

「娘には身内がいねえのか」

「ああ、姉さんがいたって話ですが、昨年、死んじまったそうで。仲のいい姉妹だったたって」

死んじまった姉さんか――。

初春といっても陽《ひ》が落ち始めると、途端に空が朱に染まり始める。長五郎はまだ戻って来なかった。仕事仕舞いを始めたが、皆のろのろとしている。

「おい、喜八。表行って見てこいよ」

甚平がいうと、喜八は「へい」と返答をして出て行ったが、すぐさま帰って来た。

長五郎と一緒だった。

「迎えに出てくるなんざ、洒落《しゃれ》たことしやがるな。伊之助のことが気になるのはわかるがなぁ」

長五郎は、一旦黙ってから、口を開いた。

「伊之助が認めたよ。奴《やつ》が彫ったそうだ」

摺り場の中がしんと静まり返った。

二

親方の長五郎が顔を歪《ゆが》めて、長火鉢の前に腰を下ろした。

『摺長』の摺師たちが、長五郎を囲むように座り込んだ。

「どういうことですかい？　伊之助さんが認めたって」

「彫ってねえといっていたんじゃねえんですかい？」

「あの絵本が伊之助さんの彫りじゃねえのは、一目瞭然《いちもくりょうぜん》だ。本当にてめえが彫ったといったんでやすか」

「番屋に『彫源』の親方だっていたでしょうに」

「あり得ねえ。彫ったといったところでなんの得にもなりゃしねえじゃねえですか」

そうだそうだ、と職人たちが長五郎に詰め寄る。

「うるせえ、うるせえ。いい大人が、雀《すずめ》みてえにぴーちくぱーちく騒ぐんじゃねえ」

長五郎が怒鳴り声を上げ、懐から枕絵本を取り出すと、長火鉢の猫板の上に叩きつけた。

皆が、口を噤《つぐ》む。

「いいか、伊之助は彫ったことは認めた。彫源を通さねえ、ひとり仕事だったとな。それから、てめえの許には版木はもとより出来た絵本も一切合財ねえといったらしい」

つまり、

「伊之助さんが彫ったという以外、誰がかかわったかもわからないということですか」

安次郎が訊《き》いた。

「その絵双紙屋も知らないことだったんですか」

絵師は本所の絵双紙屋の食客だったはずだ。

「ああ、そうだ。絵双紙屋も困っていたよ。絵師はなんもいわずに急に出て行っちまったらしいしな。伊之助には、仕事を振ってきた者も知らんのか、と定町廻《じょうまちまわ》りの旦那《だんな》がとさかにきていたよ。あんまり強情だと厳しいお詮議になるだろうな」

「会えませんか？　伊之助さんと話がしたいんですが」

身を乗り出した安次郎は長五郎に訊ねる。

「馬鹿いうな。てめえで認めたんだぞ。お裁きが出てからじゃねえと無理だ」

長五郎は語気を強めた。

安次郎は、そうですね、と頷くしかなかった。あの伊之助さんが、なぜ認めたんだ。こいつは彫りの腕がどうのという話ではないような気がした。

「そら、もう仕事仕舞いをしたんだろう。帰った、帰った」

長五郎は皆を追い払うように手を振った。

安次郎もその場を離れる。直助が隣に並び、小声でいった。

「おまんまの兄ぃ。おかしくねえですか。彫ったか彫らないかなんて、当人が一番わかっているはずなのに。それに、誰が見たって伊之助さんの彫りじゃねえし」

「仙吉親分はどうだい？　やはり、この一件は縄張り違いだから、伊之助さんに会いたいとは頼めねえよな」

　直助が、その通りで、と応《こた》える。

「しがらみがありますからねぇ。筋を通せば、動いてくれるでしょうけど」

「そこまでの話じゃねえよ。好色本なんざ、悪くて過料、せいぜい誓詞に名を書かされるくれえのものだ。やたらこっちが大袈裟《おおげさ》に騒ぎ立てて、同心や吟味与力を刺激するのもよくねえからな。ここは静かにしたほうが賢明か」

「けど、兄ぃ、伊之助さんに会えたところで、何を訊き出そうっていうんです？」

　わからねえよ、と安次郎は摺台に向かうと、片付けの続きを始めた。

「ただ、伊之助さんがあの酷え彫りをなぜ自分の彫りだと認めたのか、おめえも首を傾《かし》げるところだろうが」

「そりゃあ、そうですよ――」

「直だったら、どうだ？　おめえが摺った物じゃないが、摺ったと偽らなきゃいけねえとなりゃ、その裏には何があると考える？」

　おれがですかい、と直助は馬連を握りながら、首を傾げた。

　摺ってねえけど、摺ったと偽るか、とぶつぶつ呟き、考え込んでから口を開いた。

「おれなら、同心と与力の詮議がしつこいから面倒になって認める。あるいは、作った奴らから銭をもらっていた。でもこれは、お仕置きが大したことねえからってことはありますね。認めちまえば、お裁きを受けてすぐ解き放ちになりますから」

　あとは、そうだなぁ、と直助は上を見上げたが、急にぶるぶると首を横に振った。

「たしかにお仕置きは厳しくはねえけど、伊之助さんの長屋の家主、彫源の親方も裁きを受けることになるじゃねえですか。何も知らねえふたりを巻き込むのはやっぱり気が引けます。それになによりおれの摺りじゃねえ、しかも下手くそなモンをおれが摺ったといいたくねえや」

駄目だ、兄ぃ、おれは意地でも嫌だ、と直助はぐっと唇を引き結んだ。

「おめえぐらいの腕でもそこまで意地が張れるんだぜ。伊之助さんならなおさらだと思わねえか？」

は？　と直助が目の玉をぐりぐりさせた。

「その物言いは酷えや。伊之助さんの彫りはいつだって唸るほどですよ。けどね、おれの摺りだって――あ」

何かに気づいた直助に、安次郎は笑いかけた。

「そうか。伊之助さん、最初は認めてなかった。けど、それを自分が彫ったって翻したってことは、何かがあったか、何かに気づいたか」

「おれもそう感じた。それが詮議の最中だったかは知れねえがな」

直助が腕を組んだ。

「誰かの代わりになった、とか？」

「さすがは、こまんまの直さんだな。おれも思った」

安次郎が持ち上げると、直助がでれんと眦《まなじり》を下げた。

「けど、その上方の絵師や床店で売り捌《さば》いていた奴を伊之助さんが庇《かば》う理由はねえでしょ」

あとは、知った彫師とか。その彫師と何かあるのか、と直助が首を傾げた。

直助のいう通りだ。自分たちが儲けるだけ儲けて、銭を丸ごと持って姿をくらましたのだ。迷惑を被ったのは、茶屋娘のおさいと、おさいと絵師の仲立ちをした伊之助だ。

「おい、安」

煙草を服《の》みながら、長五郎が声を掛けてくると、顎をしゃくった。

安次郎は黙って、頷いた。

「どうしたんです？　親方」

隣で直助が訝《いぶか》る。

「直、すまねえな。信太の面倒を頼む」

「はあ、いいですけど……あ、『ほおずき屋』に行くんでしょ。きっと伊之助さんのことだ。おれも連れて行ってくれねえかなぁ」

安次郎は憮然として直助を見る。

「今、信太を頼むといったばかりだろう」

あ、そうだった、と直助が残念そうな顔をしたが、

「じゃあ、親方から何か聞いたら、おれにも教えてくだせえよ」

すぐに期待に満ちた眼を向けてきた。

ああ、と安次郎は返した。

ほおずき屋は、長五郎の行きつけの店だ。ひとりで呑みたいときや、摺り場でいざこざがあったときなど、職人を直《じか》に呼んで、飲み食いしながら話をする際に使っている。

他の職人たちは次々と摺り場を出て、家路を急ぐ。

安次郎と直助が表に出ようとしたとき、長五郎の娘、おちかが姿を見せた。

「安さん、これ」

と、丼鉢《どんぶりばち》を差し出した。

「八《や》つ頭《がしら》を煮たの。信太ちゃんと一緒に食べて。あたしがおっ母《か》さんに教わってひとりで煮たものだから、味は」

「美味《うま》いに決まってるじゃねえですか、ねえ、兄ぃ」

直助がここぞとばかりにいい放つ。安次郎は苦笑した。

「やあ、嬉しいな。信坊も喜ぶに違いねえよ」

と、直助がおちかから奪うように受け取ると、被せた布をとり、鼻先をすんすんさせた。

「いい匂いだぁ」

「直さん、あたしは安さんと信太ちゃんに食べてって」

「いいんですよ。今夜はおれが信坊の面倒を兄ぃから頼まれてるんです。だから、おれがいただきます」

本当？　という表情でおちかが安次郎を見た。

安次郎は苦笑しながらおちかに向けて、頷いた。

「そうなんだ。じつは、直さんのも用意してあったんだけど」

おちかがいうと、直助が眼をしばたたいた。

「おれの分を？　ありがてえなぁ、それもいただいて行きます」

「だって、多すぎるわよ。お芋ばかり」

「いいんですよぉ、あれ、おちかさん、知らなかったのかな。おれ、芋好きだから」

安次郎は、直助の調子のよさに呆《あき》れながら表に出た。

「あれ？　兄ぃ」

直助の声が背に飛んできたが、安次郎は足早に歩き出した。

ほおずき屋の縄のれんを分けると、「おいでなさいませ」と、客に酒を運んでいた店主の老爺《ろうや》が、しわがれ声でいった。

いつも手伝っている孫娘のおとしの姿がなかった。

「今日は、おひとりですか？」

長五郎がいつも座っている一番奥まった小上がりに向かいながら、安次郎が声をかけるや、店主はぶっきら棒に、

「ったく風邪《かぜ》ぇ引きやがってよ。客にうつしちゃいけねえんで、今日は休ませた」

そういった。

「おとしちゃんの顔を見ると一日の疲れが吹っ飛ぶのによ。今日は仏頂面の親爺《おやじ》だけときた。悪酔いしそうだ」

「まったくだ。おとしちゃんをこき使うから具合を悪くしちまったんじゃねえか」

道具箱を傍《そば》に置いた大工ふたりが、遠慮なくいった。

「うるせえな、それ空けたら、帰ぇれっ」

と、店主も負けずにいい返す。安次郎は長五郎に誘われたときだけ来るため、ふたりとは初めて顔を合わせたが、言葉の応酬《おうしゅう》からすると、きっと常連なのだろう。

安次郎が小上がりに腰を下ろすと、店主が近づいてきて、「長五郎さんと同じでいいやな」といった。

安次郎は首を縦に振る。

そういえば、信太と暮らすようになってからこっち、居酒屋の『りく』に足を向けることが減った。ひとりで暮らしていたときは、仕事を終えると夕餉《ゆうげ》を食いに立ち寄っていたが、やはり信太を連れては行きづらい。

女将《おかみ》のお利久《りく》は気にするなといってくれるだろうが、酒を出す店だ。男たちが仕事帰りに酒を呑み、美味《うま》い物をつまみながら、疲れを癒《いや》し、溜《た》まった愚痴を吐き出す処《ところ》に、子どもを連れて行くのは気が引ける。

同じ五郎蔵店に住む浪人者の竹田貫一《たけだかんいち》が『りく』に足繁《あししげ》く通っているので、おそらくお利久も変わりなく過ごしているだろうとは思っている。

『りく』で出す甘い玉子焼きの味がふと口中に甦《よみがえ》る。友恵《ともえ》とともに食べて以来、しばらく口にしていなかった。友恵のことも気にかかる。安次郎が足を組みかえると、店主が酒と肴《さかな》を載せた盆を乱暴に置いた。長五郎の分も一緒だ。

孫娘のおとしとは客あしらいが違うのは仕方がないと口の端を上げつつ、ちろりを手に取り、酒を注《つ》いだ。

肴は、生姜《しょうが》を添えた焼き魚と長芋の千切りに煮豆腐。煮豆腐は、ほんのり甘い煮汁がしみた、長五郎の好物だ。

ややあって、

「おう、すまねえな、安」

長五郎が店に入って来た。手には籠を下げている。

「なんだよ、爺《じい》さん。おとしちゃんの具合、やっぱりよくねえのか。ほら、卵を持って来てやったぜ。卵酒でも作ってやんな」

と、板場に歩いていくと、店主に差し出した。

「こいつはどうも」

店主はぼそぼそと礼をいって、頭を下げた。


長五郎は安次郎の前に座ると、早速、猪口《ちょこ》を取り上げた。安次郎がちろりに手を伸ばすと、

「いいんだ」と遮って、手酌でやり始めた。

「悪かったな。信坊がいるからよ、どうしようかと思ったんだが。大丈夫かえ？」

「はい。直に任せました」

ふっと長五郎が笑みを浮かべた。

「あいつは、こういうとき、役に立つ男だからの。ここんところ摺りの腕も上げたが、なにより人の面倒を見るのをまったく嫌がらねえのがいい」

安次郎は、少しばかり耳を疑った。遠回しにいうことは今までもなくはないが、長五郎が、こうもはっきりと直助を褒めるのは初めてのような気がした。

と、安次郎の表情を読んだのか、長五郎は顔を寄せて、

「直の奴にはいうなよ。あいつは調子に乗りやすいからな。こんなこと、おれがいったと知ったら、じゃあ、婿《むこ》になってもいいんですね、といってきそうだからな」

背筋が凍るぜ、と身をぶるりと震わせた。

安次郎は、わかっています、と豆腐を口に放《ほう》り込んだ。

立て続けに猪口を三杯あおると、長五郎は息を吐いた。

「当然、話はわかっているだろう？　伊之助のことだ」

「はい」

安次郎は身構えた。

「おめえが、信太のことで伊之助を頼りにしているのもわかる。だから、他の奴らよりも心配だっていうのもな」

「いえ、信太のことがなくても、おれは」

ああ、わかってるよ、と長五郎は勢い込む安次郎を制した。

「職人としての矜持《きょうじ》を伊之助が曲げたことだろう?」

長五郎がずばりといった。

摺り場では話せなかったが、と長五郎はそう前置きした。

「源次《げんじ》の野郎が、話してくれたんだが」

源次は、伊之助のいる彫源の親方だ。

例の回向院の境内の茶屋で働くおさいという娘の姉は、かつて伊之助と恋仲だったという。生きていれば、今年の初めには夫婦になっただろうと、源次が顔を曇らせたらしい。

安次郎は眼を見開いた。

「昨年、死んだという姉さんのことですか?　おさいにとっちゃたったひとりの身内だったと、直助から聞きましたが」

姉と伊之助が恋仲、か。

「その姉さんってのは、どうして死んだんです?」

そいつは、源次も知らねえそうだ、と長五郎が唇を曲げた。

「昨年の霜月《しもつき》だったそうだよ」

「まだ、そんなに経《た》っちゃいねえじゃねえですか」

安次郎は驚いた。四十九日を済ませたかどうかくらいだ。

「ほれ、『摺惣《すりそう》』の息子と、広重師匠《ひろしげししょう》の画《え》で摺り勝負をしたろう？　あの後だったたって話だよ」

ああ、と安次郎は頷いた。名所絵の歌川広重の版下絵、校合摺《きょうごうず》りもあらかじめ見ずに、いきなり版木を渡されて、その場で摺り上げるという勝負だった。要は、摺惣の息子と義兄との喧嘩《けんか》に巻き込まれたという、いわばとばっちりのようなものではあったが——。

そのとき版木を彫ったのが伊之助だ。

それから、まもなく惚《ほ》れた女が死んだのか。腕っこきの彫師である伊之助は、そんな不幸をおくびにも出さず、仕事をしていたように思う。

病だったのか、それとも不慮の事故か。

いずれにせよ、伊之助にとっては辛《つら》い出来事であったことは確かだ。

長五郎が、豆腐を口に入れながら、

「伊之助はな、女が死んでからもおさいをなにくれとなく見守っていたらしい。菓子屋の里見との仲立ちをしたのも伊之助だってことだ。それがよ、うっかり妙な絵師の間に入ったばかりにこのざまだ。伊之助にしてみれば、里見にも、惚れた女の妹にも迷惑をかけちまったという詫《わ》びの意味もあったんじゃねえかな」

そういった。

それもあり得なくない。おさいは枕絵本のせいで玉の輿を逃したのだ。上方の絵師の勝手な仕業だったとはいえ、絵師とおさいを引き合わせたのは伊之助だ。その責めを受けても仕方がない。絵師も彫師も摺師も版元もわからないのだ。

おさいにしてみれば、伊之助を詰《なじ》るしかないのではないか。その怒りを伊之助は甘んじて受けるしかなかったのかもしれない。たとえ職人の意地や矜持を曲げようとも。

「まあ、どのくれえ数を摺ったのか知れねえが、干見世で売られたものなら、もうすべて捌けちまってるだろう。絵双紙屋に流れていねえでよかったとはいえるな」

長五郎が、ちろりを掲げた。

へい、と店主がぼそりと応えた。

好色本、春画類は、店頭での売り買いは禁止されているが、床店や干見世と呼ばれる露店は、目が届かないせいもあるのか、あまり厳しい取締りにはならない。

おさいを像主にした枕絵本は、露店で売られていたこと、すでに売り手が逃亡してしまったことから考えるに、町奉行所としても早くに裁きをつけたいところだろう。

だが、安次郎はやはり腑《ふ》に落ちなかった。

なぜ伊之助が一転、自分が彫ったといったのか。

「まあ、おめえのことだ。伊之助のことが気になってしょうがねえのかもしれねえが、下手な真似はやめときな」

「ですが」

「わからねえのか？　人にはほじくられたくないこともあらあ。余計なお世話になることだってあるんだぜ。おめえをここに呼んだのは、これをいうためだよ。そんなに厳しい裁きにはならねえし、おれは、おさいへの詫びだと思っているからよ。これ以上詮索するのはやめとけ」

長五郎が険しい顔でいった。

長五郎より先にほおずき屋を出た安次郎は、『りく』へと向かった。直助が信太といてくれる安心もあり、もう少し酒を呑みたかった。

長五郎に釘《くぎ》を刺されはしたが、どうにも、あの伊之助が、という思いが拭《ぬぐ》えない。長五郎がいう通り、余計なお世話であるのかもしれないのは承知している。

大切な女《ひと》を亡くした——己の身の上と重ねるわけではないが、その辛さ、悲しみは他人と分け合えるものではない。ただただ、己を責め、天を恨んで、身悶《みもだ》えるだけだ。共に歩むはずだった未来が見えなくなる、その場で望みを断たれさいなまれる。

伊之助の胸の内が自分と同じだとはいえないが、まったく遠く隔たるものではないと思う。その女の妹であるおさいを見守っていたというのが伊之助らしい、というか唯一の救い、いや、すがる思いだったのかもしれない。

軒下には、まだ『りく』と記された赤提灯《あかちょうちん》が下がっていた。店の明かりが洩《も》れて、通りをぼんやりと照らす。

安次郎は冷えた夜道を、肩をすぼめて足早に歩いた。

店の中から様々な声が、音が聞こえて来る。今夜はずいぶん賑わっているようだ。

縄のれんを潜《くぐ》ると、

「お、安次郎さんじゃないか」

すぐさま竹田が小上がりから手招いた。小上がりも、飯台にも空きがない。女将のお利久がひとりで切り盛りしている小さな店だ。もともと十人も入ればぎゅうぎゅう詰めではあるのだが。

飯台に座っていた三人の先客が、ちらと安次郎を窺《うかが》ったが、すぐにまた視線を戻して話を始めた。もうずいぶん酒が入っているのか、声が大きく喧《やかま》しい。

「あら、お久しぶりですね。信太ちゃんは？」

お利久が板場から、顔を覗《のぞ》かせた。

「いままで親方と一緒だったんで、直に頼んだんでさ」

「そうだったの。信太ちゃんもたまには連れていらっしゃいといいたいところだけど、こう騒がしいとねぇ」

と、お利久が三人の客へ眼を向けつつ、いった。

「おいおい、女将。このところ、おれたち通い詰めだぜ、そんなつれねえことというなよ」

「おれはあんたに一目惚れしちまったんだ」

「そうだ。おれもよ、女将のこと考えると、たまんねえ」

「今夜こそ、おれたちの中で、誰が女将の好みか教えてくれよな。じゃねえと帰らねえぞ」

「おめえみてえな若造に年増女《としま》は、無理だ、無理だ」

「なんだよ、若ぇほうがいいって年増もいらぁ」

「いきりたつんじゃねえよ、馬ぁ鹿」

ふたりの男は歯を剝いて、げらげら笑う。若い男が舌打ちして、猪口を呷《あお》った。

「はいはい、もう少し声を落としてくださいな」

お利久がいなすと、男たちは「怒った顔もいい」とか「こっちに来て酌をしろ」とか、いいたい放題だ。

三人のうち、ひとりはまだ二十をわずかに過ぎたくらいの歳の男。ふたりは派手な赤い小袖《こそで》の男と墨黒の小袖の男で、三十をわずかに過ぎたくらいだった。お利久目当てでやって来る男たちは多い。が、酔っているにしても、あまりにあけすけな態度に胸が悪くなる。

数人の客が帰り支度を始めた。

竹田がむすっとしながら、酒を口に運ぶ。

安次郎は竹田の前に腰を下ろし、小声で話した。

「この頃、来るようになった客ですか?」

うむ、と竹田はますます唇を曲げた。

「なにを生業《なりわい》としている輩《やから》か知らんが、十日ほど前から、寄るようになってな。お利久さんは酔客などしょっちゅう相手にしているから大丈夫だというが、どうにも心配でな」

「用心棒ということでしょうか?」

安次郎は微笑《ほほえ》みつつ、竹田を見る。すると、いやあ、まあそんなところだ、と照れ笑いを浮かべた。竹田はお利久を好いている。お利久もきっと気持ちに気づいている。が、竹田の純な心根が邪魔をして、お利久に告げることが出来ずにいる。こればかりは、他人がどうこういえるわけでなく、成り行きを見守るしかない。

と、竹田が照れ笑いを急に引き、

「どうした? 安次郎さん、浮かない顔をしておるな」

身を乗り出し、声を低くした。

いえ、と安次郎は慌てて首を横に振ったが、

「何か屈託があるのであろうが。拙者に話してみてはどうかな。役に立てるかどうかはわからんが」

ははは、と大声で笑い、竹田が慌てて口を押さえた。

だが、三人の男たちは相変わらず、声高に周りを気にすることなく話し続けている。

ふと、安次郎の耳に気になる言葉が飛びこんできた。

「あの茶屋娘には驚いたな。まさかあんな」

「しかし、そのお陰で儲けさせてもらった。あいつは上方へ帰ぇったんだろうな？」

「いや、みなみ（品川宿）で遊んでいるだろうよ。あいつにはまた筆を揮《ふる》ってもらわねえといけねえからな」

茶屋娘には驚いた？　上方へ帰った？　筆を揮う？　妙な符合《ふごう》に安次郎は思わず知らず男たちへ視線を向けた。こいつら一体、何者だ。

　そのうちの細面の若い男が安次郎に気づいて、

「おう、なんだよ。文句あんのかよ」

と、凄《すご》んできた。

安次郎はふと口許に笑みを浮かべ、丁寧な口調で返した。

「なんでもございませんよ。ずいぶんと楽しそうだと思っただけで。いい儲け話があったなら、お裾《すそわ》分けいただけないものかと」

「はん、うらぶれた浪人者と安酒呑んでるあたり、ろくなモンじゃねえんだろうなぁ」

若い男が蔑《さげす》むように見てくる。

「ええまあ、その通りで」

安次郎が応えると、若い男は鼻をうごめかせた。

「おい、安次郎さん」

竹田が相手にするなとばかりに首を横に振る。

「おや、安酒とは聞き捨てなりませんねぇ。うちは、灘《なだ》の下り酒を水なんかで薄めずに出しているんですけどね」

帰った客の器を下げに来たお利久が小上がりの安次郎と飯台に座る若い男の間に割り込むように立った。

「そろそろ、お仕舞いにいたしますよ」

「なんだよ、女将。まだ宵の口だ」と、若い男が唇を尖らせた。

「お住まいがどちらか知りませんが、木戸が閉じてしまいますよ」

「木戸が閉まったら、ここに泊まらせてもらうさ」

赤い小袖の男がにやにやする。

お利久は顎をツンと上げて、

「お生憎《あいにく》さま。あたしには、ちゃんと用心棒がおりますので」

そういった。三人の男が、一斉に眼をしばたたいた。

お利久が竹田の肩に手を載せる。

竹田は仰天して、顔を赤らめ俯《うつむ》く。安次郎も驚きのあまり、呆気に取られてお利久を見る。

「なんでえ、いつもそこに居やがるから妙だと思ったが、情夫《いろ》つきか」

墨黒の小袖の男は、さもつまらなそうに吐き捨て、立ち上がる。

「ああ、つまらねえ。銭、ここに置くからよ。よし、下谷《したや》にでも行こうぜ」

「また、あの妓《おんな》の宿かよ」と、赤い小袖があからさまに嫌そうな顔をした。

「うるせえな。おれの奢《おご》りで妓を抱けるんだ。ありがたいと思いやがれ」

へいへい、と面倒くさげに腰を上げると、

「馳走《ちそう》になったな」

と、三人は出て行った。

表に出てからも、下卑た笑い声が聞こえてきた。

三

男たちが出て行くと、お利久がさっと身を引いた。

「竹田さん、ごめんなさい。こうでもしないと、あいつらしつこくて」

「い、いや。構わんよ。役に立ってよかった」

竹田はお利久と眼を合わせず、ぼそぼそいった。

「ほんに、竹田さんがずっと来てくださっていたでしょう?　すごく心強かったんですよ。ありがとうございました」

お利久が丁寧に腰を折った。

むっ、と竹田が顔を引き締めた。

「竹田さん、もう少し力を抜いたらいかがですか。お利久さんがお礼をいってくれたんですから」

安次郎は笑いを堪《こら》えていった。

「力など入っておらん」

竹田が唇をへの字に曲げた。

「さ、店仕舞《みせじま》い、店仕舞い。ねえ、竹田さんも安次郎さんもまだ呑めるでしょう？　残り物で悪いけど、お菜を見繕いますから」

と、お利久は身を翻して、板場に入っていった。

安次郎は小上がりから三和土《たたき》に下りると、外に出て、提灯と縄のれんを店の中に入れた。

「ああ、すみません」と、お利久が安次郎に頭を下げた。

「出しておくと、また客が入ってくるかもしれませんしね」

「そっちが先でしたね。あたしったら、あんまりほっとしちゃって」

うちは行儀のよいお客さんが多いから、ああいう客が騒いでいると、寄らずに帰ってしまう方もいて、商売上がったりなんです、とお利久がため息を吐いた。

「ああ、でもほんによかった。あいつら、二度と来ないでしょうから。竹田さんのお陰です」

竹田は、む、む、と唸って酒を呑む。

「ところで、お利久さん、あの男たちは何者ですか？」

安次郎が訊ねた。

「あら、何か？　勝手にあの人たちが話してきましたけど、秀扇堂《しゅうせんどう》って読売屋《よみうり》なんですって」

読売屋？　ならば。

「そう、あの若い人が彫師で、赤い小袖が売り手で、墨黒の小袖が摺りをしていると。うちにも常連に摺師さんがいると話したら、摺り場の職人かとか、どこの摺り場だとかうるさく訊いてきましたけど、あたしは詳しいことは知らないって放っておきました」

安次郎さんがいらしたとき、絡んだりしたら困るし、とお利久はいった。

「お気遣い恐れ入ります」

読売の摺師か。幾枚も摺る速さはあるが、錦絵を摺るほどの腕はない。ともかく、文字と画を一色で摺ればいいだけだ。彫師とて同じ。読み物であるため、文字彫りはかっちり彫れなきゃならないが、錦絵ほどの繊細さは求められない。

読売屋の秀扇堂、か。

上方、茶屋娘――。

奴らが、おさいの枕絵本を作ったのではないか。安次郎は小上がりに上がりかけたが、雪駄《せった》を履き直した。

「今夜はこれで失礼いたします」

「え？　どうして。信太ちゃんは直助さんといるのでしょう？　たまにはゆっくり呑んでも」

お利久が残念そうにいった。

「いえ、あいつのことだから、信太より早く眠っちまいそうで。竹田さんはどうぞごゆっくり。お利久さんをお助けしたんですから」

え？　と竹田が安次郎に戸惑うような眼を向けた。

「じゃ、また。お利久さん、助かりました。竹田さん、これで屈託が晴れそうですよ」

お利久と竹田がきょとんとした顔をした。

安次郎は、『りく』を出た。

表に出ると、冷たい風が頬に当たった。

暗い夜道を歩きながら、おれがふたりに手助けできるのはこれぐらいだな、と竹田とお利久のことを思った。

直助が秀扇堂に探りを入れて、三日が経った。

「大ぇ変だ。兄ぃ。おまんまの兄ぃ」

直助が、どたどたと転がるように摺り場に入って来た。

「騒がしいんだよ、てめえは」

束ねに怒鳴られたが、直助は鼻息荒く、

「例の秀扇堂が、あの枕絵本を出していやがった」

と、いい放った。その途端、摺り場がざわついた。

「秀扇堂ってのはなんだよ、きちんといいやがれ」

古参の摺師が声を張る。

読売屋ですよ、と安次郎が代わりに応えると、なるほど、と皆が頷いた。

「読売屋なら、彫りも摺りもてめえらでやるからな。あとは綴《と》じ屋だけ入れりゃいいだけだ。あの下手な彫りでも、読売屋ならなんとかならあ」

「それで、伊之助さんはどうした。そいつらと伊之助さんは何もかかわりねえのだろう」

「解き放ちになったのかよ」

直助は、長五郎がいつもいる長火鉢の横にどかりと座り込んで、

「うるせえな。いっぺんにいわれたら、返事が出来ねえ。順に語って聞かせてやるから静かにしろい」

と、偉そうにいった。

「おう、聞かせてもらおうじゃねえか、こまんまの」

直助の背後にぬっと立ったのは、長五郎だ。

「あ」

後ろを振り仰ぐと、直助は引きつった笑みを浮かべ、とっさに頭を押さえた。いつものように拳《こぶし》を落とされると思ったのだろう。

殴らねえよ、というや長五郎は険しい顔つきで安次郎を見つつ、長火鉢の前に座った。

「で、その秀扇堂ってのがどうしたって？」

直助は、神妙な顔つきで、話を始めた。

おさいを像主にした枕絵本を出したのは、安次郎が睨《にら》んだ通り秀扇堂で間違いなかった。上方からやって来た駆け出しの絵師と組んで、作ったのだ。

「そいつらと絵師がどう繫《つな》がったかは、どうでもいいが、枕絵本でひと儲けしようと思ったと、それだけの話だな」

長五郎が苦虫を嚙み潰したような顔をする。

「はい、なので伊之助さんは解き放ちになりました」

すでに岡っ引きの仙吉が、秀扇堂を大番屋に引き立て、それと交代するように伊之助は解き放ちになったと直助がいうと、皆、安堵《あんど》したが、なぜ伊之助は自分が彫りを施したといったのか、その疑問は晴れず、釈然としない顔をしていた。


翌日、伊之助が菓子折を持って、摺長に姿を見せた。

「手前の騒ぎでご心配をおかけしました」

と、手をついて詫びた。

「好色本の類《たぐい》は大した罪ではありませんので、詮議の最中《さなか》に面倒になって、認めちまったっててのが本当のことで。それに、おさいさんにも迷惑かけちまったから、申し訳なくてね」

自分が認めてしまえば、怒りを納めてくれるのではないかと、思ったという。

「それでも、版元はどこだとか、絵師の名はなんだとか、煩《わずら》わしくて閉口しましたがね」

と、肩をすくめておどけた。

職人たちも納得して、番屋では乱暴されなかったのか、同心や与力に脅されなかったのか、竹箒《たけぼうき》で叩かれはしなかったのかなど、次々伊之助を質した。皆の心配が通じたのか、伊之助は顔を引き締め、礼をいった。

「伊之助さん。ちょっと。付き合ってください。親方、いいですか？」

安次郎の顔から何か感じ取ったのか、長五郎は、かまわねえよ、と応えた。

安次郎は、神田明神へと伊之助を誘った。

と、昌平坂《しょうへいざか》を上がりながら、

「おれは、明神さまが好きでしてね」

安次郎は呟くようにいった。

伊之助は黙って、ただ歩を進めた。

早春の陽がふたりの影を伸ばす。

「おさいさんの姉さんと、今年、祝言を挙げるはずだったと聞きました」

伊之助は、まったく表情を変えず、頷いた。

赤い鳥居《とりい》をくぐり、社殿に詣《もう》でた。往来は賑やかで、境内の中にある茶屋も人で溢《あふ》れている。

空いた縁台を見つけて、ふたりで腰掛けた。

神田明神は昌平坂の上、高台にあるため、茶屋から江戸の町が眼下に見渡せる。

伊之助は運ばれてきた茶を啜《すす》ってから、ようやく口を開いた。

「おさいの姉さんは、およりといって二十二でした。昔、おれと同じ長屋に住んでた幼馴染《おさななじ》みですよ。小せえ頃にふた親を亡くして、引っ越しちまったんですが、三年前、ばったり会いましてね。亀戸《かめいど》の国貞師匠の屋敷で飯炊きをしていたんです。引き取られた先での苦労話なんかをいろいろ聞かされているうちに、それでね――」

伊之助は空を仰いで、眩《まぶ》しげに眼を細めた。

「昨年の霜月の末でしたよ。おさいが里見に嫁入りすることも決まって、これで姉妹が幸せになれるとおよりは喜んでいたんですがね」

おれが、殺したようなもんです、と言葉を詰まらせた。

およりと亀戸天神近くの天神橋《てんじんばし》の袂《たもと》で待ち合わせをしていたが、彫りを急がされた伊之助は、半刻《はんとき》（約一時間）ほど遅れてしまった。

「川へ落ちたんですよ」

「落ちた？」

思わず安次郎は聞き返した。

荷車がものすごい勢いで迫って来たとき、近くにいた幼子を助けるためにおよりが飛び出し、そのまま土手を転がり川へ落ちたというのだ。

「幼子の近くには親がいなくて、まだろくに話もできねえ子だったもので。運が悪かったといえばそうなりますが、およりが落ちたのを見た奴がいなかった」

伊之助が、橋の袂に着いたときに、およりの亡骸《なきがら》は橋脚に引っかかっていたのだという。もし、おれがもっと早く来ていれば、あんなことにはならなかったと、伊之助は俯いて、顔を覆った。

空は明るく、鳥がゆうゆうと羽を広げて飛んでいく。

茶屋にいる参詣客《さんけいきゃく》の誰もが楽しそうに見えた。

安次郎は、飛び交う声の中、静かにいった。

「伊之助さんが自分を責めることはない。といいたいところですが、思い切り責めていればいいとおれは思いますよ」

はっとして、伊之助が顔を上げる。

「どうにもならない。誰のせいにも出来ない。だったら、惚れた女の死に意味を持たせるには、伊之助さんがすべて引き受ければいい」

「安次郎さん」

「死んだ者のためにそれしか出来ないなら、そうすべきだ」

おれは、と伊之助は唇を嚙み締め、苦しげに言葉を吐いた。

「およりを失ってから仕事しかなくなっちまって。無理するなと、親方には散々怒られましたよ」

茶碗を手の中でもてあそびながら、自嘲《じちょう》気味にいった。

「けど、おさいはそれも気に食わなかった。およりの初七日も三十五日の法要も出なかった。もう姉さんを忘れたのかと詰られました。なら、里見への嫁入りもしない。姉さんがあんなことになったのに、自分だけが幸せになるのは嫌だといってね――」

安次郎は、愕然《がくぜん》とした。まさか。

「あの枕絵本は」

「すぐわかりましたよ。おさいが自ら望んだものだろうとね。あんな物が世に出れば、里見は世間を気にして、嫁入りなどさせやしません」

おれが——およりを忘れるはずはないですよ、と、伊之助は懐から守り袋を取り出す。紐《ひも》を緩めて、中を指で弄《まさぐ》り引出したのは、縮緬《ちりめん》の端《はぎ》切れだった。

「川で溺《おぼ》れ死んだときに着けていたしごきです。おれが、初めて買ってやった物で。もう擦《す》り切れて、所々薄くなっているのに、それでもおれと会うときは必ず身に着けていましたよ」

おれは嫌でしたけどね、いつまでも古い物を着けて来るのが、と息を吐く。てめえが新しい物を買ってやれねえ、不甲斐《ふがい》ない男のように思えてね。けど男と女は違う。

「女はそのときの男の気持ちをずっといつくしんでいたいんでしょうね。つまんない物でも、安い物でも、気持ちが入った物を持ち続けていたいと」

「伊之助さん、その縮緬、おれに預けてくれませんか」

「これを？　どうするんです？」と、伊之助が訝る。

「きちんとお返しいたしますので、一旦、おれに預けてください」

伊之助は、守り袋に縮緬を再び納め、安次郎に差し出した。

「ああ？　半襟の色を変えるだと？　摺師が大層な口をききやがる。おれの色差しじゃ気に食わねえってのかっ」

煙管を服みながら、国貞が安次郎を睨《ね》めつける。

「いいかえ、役者絵ってのは、芝居絵だぜ。その芝居の衣装を変えるわけにはいかねえんだよ」

安次郎は、伊之助の守り袋から、縮緬の端切れを出し、国貞へ見せる。

国貞は眼をすがめ、身を乗り出した。

「なんだえ、そりゃ」

「こちらで奉公していた、およりさんのしごきです」

国貞の顔が強張《こわば》った。

「伊之助の。ありゃ、気の毒だったなぁ」

「これを、摺ります」

国貞が、ぎろりと眼を見開いた。

「布摺り、かえ?」

「はい」

布摺りは、色を載せない空摺りの一種だ。荒目の布を紙に置き、力を込めて摺ることで、布の模様を紙上に写す。一見しただけでは気づかないが、布の凹凸が紙の上に現れ、ただ白で抜くだけでない効果が得られる。

「半襟をそいつにするつもりか? なんのために?」

およりの妹、おさいにこれを見せたいと、安次郎はいった。

「伊之助は決しておよりさんを忘れてはいない。縮緬の端切れがその証《あかし》であると伝えたいのです。けれど、おさいさんは信じないかもしれない。枕絵本を使ってまで、伊之助さんを困らせるほどの娘です。それならば、錦絵に姉の縮緬を摺り込もうと」

国貞が眉間に皺を寄せ、煙管の灰をぽんと落とした。

「申し訳ございません。勝手な口を利きました」

安次郎が頭を下げると、国貞が、ふっと笑った。

それならよ、と国貞がいった。安次郎は訝りながら、顔を上げる。

「おれが、およりの似顔を描いてやらあ。ありゃ、働き者のいい女だった。伊之助が彫って、おめえが摺るんだ。しごきは、その縮緬を使った空摺りにすればいい。おさいって妹にくれてやんな」

「国貞師匠」

と、安次郎は再び深々と頭《こうべ》を垂れた。

第二話

張り合い

一

「おい信太。起きろ」

安次郎は流しに立って朝餉《あさげ》の支度をしながら、まだ夢の中にいる信太を叩《たた》き起こした。

「夜具を畳んだら、さっさと顔を洗ってこい」

うーんと伸びをした信太は身を起こすと、「寒いよ」といって再び夜具に潜《もぐ》り込んだ。

「駄目だ、駄目だ。おたきさんから炊《た》き立ての飯をもらったんだ。冷めちまったらもったいねえぞ」

わかったよ、と信太はもぞもぞと夜具から抜け出し、ブルっと身を震わせて、夜具を畳み、部屋の隅に積みあげ、目隠しの屏風《びょうぶ》を立てた。

三和土《たたき》に下りて手拭《てぬぐ》いを手にすると、戸を開ける。冷たい風が吹き込み、瞬間、肩をすくませたが、意を決したように草履《ぞうり》を引っ掛け、表に出て行った。

ったく、大袈裟《おおげさ》だな、と安次郎は口許《くちもと》を綻《ほころ》ばせる。

たちまち、

「おばちゃんたち、おはよう」

「おはよう、信坊。今日も元気だね」

「おはよう、信太ちゃん」

井戸端にいる女房たちと挨拶《あいさつ》を交わす声が聞こえてきた。

「うわっ。氷が張ってるよ」

「今日はいっち寒いからねぇ、井戸の水も冷たいよぉ」と、五郎蔵店で一番古参のおたきが機嫌よく笑う。

「おたきさん、これじゃ梅も咲き渋るねえ。一昨日《おととい》までは暖かだったのにさ」

ほんと、ほんと、と口々にいい合っている。

「さっき、お父《と》っつぁんにご飯を届けたからね、たんと食べとくれよ」

「聞いたよ。ありがとう」

ああ、やっぱり冷てえ、と信太が大声を出すと、女房たちが、あははと笑う。

長屋の者たちは、信太の親指のことを誰《だれ》も気にしなくなった。かわいそうだとか、気の毒だとか、そうした情けをかけられたところで、指の動きが回復するはずもない。信太がそうした情けをよりどころにしてはいけないと安次郎は思っていた。それらの言葉を心地よく思っていては、結局、自分を貶《おとし》めていることになり、他人の眼《め》も変えることができない。

がんぜないなりに気づいていたのだろう、信太は懸命だった。

新参者《しんざんもの》に対して、子どもは大人よりも厳しい。平気で仲間外れにもするし、自分たちと異なるところがあれば、意地悪にもなる。確かに長屋の子どもたちに動かない指をからかわれ、一時は心を痛め、弱気になっていた。が、左手で独楽《こま》を回して見せたことで、信太は一目置かれる存在になった。

信太も頑張ったが、長屋の子どもたちも偉かった。一度認めれば、すぐに仲良しになれる。

それに比べて大人はどうだ。歳《とし》を食った分、賢くなるわけじゃない。むしろ、妙なしがらみにとらわれて、素直になれない。意地を張り、頑《かたく》なになっている。それがつまらぬことだと気づきもせずにいる。

箱膳《はこぜん》の上には、沢庵《たくあん》と、昨日惣菜《そうざい》屋で買った蒟蒻《こんにゃく》のきんぴら、豆腐の味噌汁《みそしる》に、白飯が載った。なかなか贅沢《ぜいたく》だ。

おたきが持ってきてくれた飯からは白い湯気が上がり、甘い匂《にお》いが立ち昇る。井戸から戻った信太が、飯碗《めしわん》に鼻先を近づけた。

「いただきます」

迷うことなく左手で箸《はし》を取る。

やはり、子どもは大したものだ。まだぎこちなさはあるものの、信太は左手をだいぶ使いこなせるようになった。もう飯を食べるときも握り箸ではなく、不便を感じていない。

「父ちゃん、ほらほら、見ておくれよ」

信太は蒟蒻のきんぴらを摘《つま》み上げる。

「すごいもんだな」

安次郎が感心しながらいうと、鼻高々で蒟蒻を口に放《ほう》り込む。

「父ちゃん、今日は仕事早いかい？」

信太が口をもぐもぐさせて話す。

「口に物を入れて話すんじゃねえよ」

安次郎は軽くたしなめてから、答えた。

「試し摺《ず》りがある。版元《はんもと》と絵師が摺長に来ることになっているんだ。すんなり進めば夕飯時には戻れるが――」

歌川国芳門下の若い絵師だ。師匠《ししょう》の国芳の豪壮で力強い画風を能《よ》くし、少しずつではあるが、名が知られてきていた。

「遅くなるかもしれないのかぁ」と、信太が残念そうな表情をする。

「わからないいな。もし、六ツ（午後六時頃）の鐘が聞こえてきても父ちゃんが帰らなかったら、おたきさんの処《ところ》に行ってろ。おたきさんにも伝えておくからな」

信太が、なんとなく得心のいかなそうな顔で頷《うなず》いた。

「なんだ？　なにかあるのか」

安次郎が訊《たず》ねると、信太は俯《うつむ》いて飯を食う。

「どうしたんだよ。押上にまた行きたいのか？　じいちゃん、ばあちゃんが恋しいのか」

安次郎はからかうようにいって沢庵を口に放り込んだ。

「そうじゃないよ。お正月に行ったしさ」

と、拗《す》ねたように語尾を濁す。

「はっきりしねえなぁ」

安次郎が苦笑すると、

「おおい、信太」

障子《しょうじ》ががらりと開けられた。同じ長屋に住む庄吉《しょうきち》だ。ふたりは同じ歳で、独楽を回した信太を最初に認めたのも庄吉だった。

「なんだよ、まだ飯食ってるのかよ。今日は、川遊びしようっていってあったじゃないか。もうみんな木戸で待ってるんだ。先行っちまうからな」

早口で言うと、庄吉は身を翻《ひるがえ》した。

あっ、と信太は急いで飯を掻《か》き込み、飯碗と箸を置くと、

「じゃあ、父ちゃん、行ってくる」

と立ち上がった。安次郎は、信太をじろりと睨《ね》めつけ、いった。

「信太。きちんとしていけ」

信太が唇を尖《とが》らせた。

「みんな行っちまうよう」

「駄目だ。飯の後片付けもしていねえし、おっ母《か》さんにも手を合わせてねえだろう」

安次郎の言葉に、信太は渋々従った。

飯碗の米粒を白湯《さゆ》でこそげ落として、箸と飯碗を箱膳に納め、鏡台の上に置かれたお初の位牌《いはい》に手を合わせると、草履を履くのももどかしく飛び出した。

「川に行くなら気をつけろよ」と、怒鳴った声が虚《むな》しく宙に浮く。

忙《せわ》しねえったらねえな、と安次郎は唇を歪《ゆが》めた。戸も開けっ放しだ。最前まで、寒さで震えていたくせに、川遊びだと？　子どもは元気なものだ。

さて、と安次郎も飯を食い終えると、ほうきを手にして、掃除をし、お初に線香を灯《とも》して、手を合わせた。

「いやはや、開け放しとは」

安次郎は耳慣れた声に顔を向ける。

立っていたのは、幼馴染《おさななじ》みの大橋新吾郎《おおはししんごろう》だ。友恵の兄だ。

「すまんな。出仕前に寄らせてもらったが、いいか」

「久しぶりだな。息災にしていたか？」

「まあまあだ」

と、いいながら新吾郎が大刀を腰から抜き取り、三和土に足を踏み入れた。

「信太はどこだ？」

ふと安次郎は笑みを浮かべた。

「一間の塒《ねぐら》だ。見ればわかるだろう。遊びに出ていっちまったよ」

新吾郎は残念そうな顔をして、

「そうか。久しぶりに会いたかったのだがな。もうすっかり暮らしに慣れてよかったな」

と、座敷にかしこまった。

「安次郎」

新吾郎はわずかに顔を強張《こわば》らせた。

安次郎は、膝《ひざ》を回して、新吾郎に向き直った。

「どうした？　ずいぶんあらたまった物言いだな。友恵さんのことか？」

新吾郎は首を横に振った。

友恵はさる旗本家に嫁したが、子が出来ぬために離縁され、実家に戻ったものの、新吾郎の妻、つまり義姉と反りが合わず、屋敷を飛び出したのだ。武家の娘にはあるまじき振る舞いだ。

「友恵のことはいい。あいつはあいつなりに生きているようだからな。お前も近くにいる。心配はしていないよ。ときには会うこともあるのだろう？」

まあな、と安次郎は口ごもる。つい先日、信太と友恵、直助、そして同じ長屋の竹田の五人で『りく』へ行き夕餉をとった。

信太がいるので、酒は呑《の》まなかったが、賑《にぎ》やかな時を過ごした。友恵は直助と同じ長屋に住んでいる。子どもたちに読み書きなどを教えているが、この頃は、娘や女房たちに裁縫も教授しているらしい。

当初は、武家のお姫さまの気まぐれと揶揄《やゆ》されたり、行状が悪く家を追い出されたのだと噂《うわさ》されたりして、住人も近づかなかった。しかし、友恵の持ち前の明るさと人の好《よ》さが伝わったのだろう。今はすっかり馴染んでいる。それには、直助が自分も一役買ったと、鼻をうごめかせる。

「友恵のことは頼んだぞ」

新吾郎がふと笑った。頼まれても困ることもあるが、と安次郎は返答に戸惑う。

「で、何用なのだ？」

安次郎は答えを避け、新吾郎を質《ただ》した。

「いい加減にしてくれ。おれは、小僧の遣いではないのだ。もうけりをつけろ」

眉間《みけん》に皺《しわ》を寄せた新吾郎がいきなり声を張った。

けり？　安次郎は思わず身を乗り出す。

「おい、新吾郎。けりといってもな、友――」

新吾郎は、慌てる安次郎を訝《いぶか》りながらいった。

「お前の叔父上だよ。田辺《たなべ》さまだ」

安次郎は、そっちかとばかりにため息を吐《つ》き、苦笑した。友恵のことで答えを求められていると思った自分がおかしかった。

「笑い事ではないのだぞ。おれがこうしてお前の処に出張って来るのも、お前のことが気に掛かっているからだ。このまま田辺さまと仲違《なかたが》いをしたままでいたら、後悔しないか？　おれはそれが気掛かりでたまらんのだ」

だから、けりをつけろといっている、と新吾郎は強い口調でいった。

結局、叔父とは会わずじまいでいる。新吾郎がお膳立《ぜんだ》てしてくれた花見にも安次郎は行けなかった。あのときは、確かに叔父の話を聞く気になっていた。

しかし、その花見以後、叔父は押上村にいる信太に会いに来ていたと舅姑《きゆうこ》から聞かされたときには、さすがに嫌な気分になった。

子のない叔父が信太を跡継ぎにと望んでいるのかもしれなかった。

だが、いまは面倒なことにかかわりたくはない。

当たり前のことだが、信太と暮らし始めてから余計にその気持ちが強くなっている。信太は、自らの命を懸《か》けてお初が遺《のこ》してくれた唯一の家族なのだ。

なぜその信太をおれが手放さなければならないのか。

叔父の田辺俊之助《としのすけ》は親族とは名ばかりの関係でしかない。もう二十年以上も会っていない他人同然の者にどうして信太を渡さねばならないのか。

叔父の身勝手な願いを叶《かな》えてやる義理はまったくない。

「おい、安次郎、聞いているのか」

新吾郎が安次郎を睨めつける。

「まったく、友恵さんもそうだが、お前もお人好しだな。さすがは兄妹《きようだい》だ」

ふと唇を歪めると、と新吾郎が「ふざけるな」と、声を荒らげた。

「書状を預かってきた。いいか、お前にとってはお節介かもしれん。だがな、田辺さまのことも考えてやれ」

新吾郎が書状を差し出した。安次郎は首を横に振って拒《こば》んだ。

「わかっているよ。それなら、田辺さまが直接来いといいたいのだろう？　おれなどに頼んだりせず。お前はそのことも気に入らないのだろうが」

許されたいと願っているほうも、辛《つら》いんだ、と新吾郎はいうと、立ち上がった。

「必ず目を通せよ」

新吾郎は念を押すようにいい、背を向けた。

さて仕事だ。

安次郎は、手にした書状を折り曲げ、鏡台の引き出しに入れた。

長五郎が頭から湯気を出して、脚を揺らしていた。

「すいやせん、遅くなりまして」

安次郎が摺《す》り場《ば》に入るなり、頭を下げた。

「珍しいな。安。おめえが仕事に遅れるなんてよ。幸い蔦屋《つたや》さんも芳艶《よしつや》さんも来ていねえ」

長五郎は怒り顔ながらもほっとした表情をして、煙管《キセル》を取り出した。

「珍しいといやぁ、直助の野郎が一番に来ていやがるからな。今日がことさら寒いのは、そのせいじゃねえかと思ってるくれえだよ」

「そんなぁ、親方。おれだって、まともに来ることはありますよ」

直助が摺り台から文句を飛ばしてきた。

「まともに来るのが当たり前なんだよ」

長五郎が怒鳴ると、

「早く来ても、遅れて来ても、怒鳴られるんだな、直助は」

束《たば》ねの職人がいうと、他の職人たちが含み笑いを洩《も》らした。

「ま、ともかく、早いところ用意しろ」

はい、と安次郎は自分の摺り台に向かった。直助がにやにやしながら安次郎を見上げる。

「兄ぃ。おれがちょいとやっときましたよ」

え？　と摺り台を見やると、すでに作った色が並べられていた。安次郎は眼を瞠《みは》った。

「すまねえな、助かるよ」

「礼なんざいらねえですよ。兄ぃの役に立てれば、嬉《うれ》しいんですから」

直助が、えへへと照れたように笑う。

「でも、兄ぃが遅れるなんてびっくりだ。信太ですかい？」

いや、と安次郎は首を横に振り、

「やぼ用だよ」

素っ気なく返した。

「あ、あ、もう兄ぃはそういうところが冷てえんだなぁ。おまんまの安、こまんまの直でしょう？」

こまんまの直は勝手に自分で名乗っているだけだろう、と安次郎は苦笑する。

「ご苦労さまでございます。こちらへ」

長五郎の娘、おちかの声に直助がぴくんと跳ね上がる。相変わらずわかりやすい奴《やつ》だが、当のおちかは直助のことをどう思っているのか、安次郎は気になっている。

とはいえ、その前に父親の長五郎の気持ちを確かめなければならないが。

「どうも、長五郎さん」

摺り場に版元の蔦屋吉蔵《きちぞう》が入って来た。その後ろについて来ている若い男が、絵師の歌川芳艶だろう。恰幅《かっぷく》のよい蔦屋に隠れてしまうような痩身《そうしん》の男だ。

「本日は、よろしくお願いいたします」

蔦屋は笑みを浮かべて長五郎に頭を下げた。いやいや、こちらこそと長五郎も頭を下げる。儀礼的なやりとりをじっと見つめていた芳艶が、ぼそりといった。

「早いとこ、始めておくんなさい」

摺師《すりし》はどなたさんで、と芳艶が工房へと首を回した。痩身で猫背、顎《あご》が尖っていて、眼は切れ長だ。

「なんだか、薄気味悪い奴ですね」

直助が身を寄せてきて、耳許で囁《ささや》いた。

まあ、確かに暗がりにじっと座っていたら、不気味な感じではある。

蔦屋といくつかの版元が組んで『観物画譜』という揃物《そろいもの》を版行している。大道芸や芝居小屋、見世物などを描いたもので、絵師が数名で描き競っている。芳艶の画《え》は曲独楽回《きょくごま》しの芸人だ。国芳譲りの躍動感がありつつ、どことなく品も漂っている。

「お初にお目にかかります。安次郎と申します。本日はご足労いただきまして」

安次郎がいうと、芳艶が、くいと首を伸ばすようにして窺《うかが》ってきた。

「ああ、そちらさんですか。おまんまの安とかいう方は」

と、薄い唇を曲げた。

「とかっていいかたはなんだよ」

直助がいきなり声を上げた。

「よせ」と、安次郎が止めた。

「だってよ、兄ぃが挨拶してんのに、ああいう物言いはねえじゃねえですか。おれにしたって、国芳師匠の弟子の芳艶とかって絵師か、だよ」

「やめろ、直」

くつくつ、と芳艶が肩を揺らした。

「直ってことは、お前さんが、こまんまの直とかいう方ですね」

へ？　と直助が眼をぱちくりさせた。

「おれのこと知っているのか？」

芳艶は、わずかに顎を上げるると、

「ええ、おまんまの安、こまんまの直というのは、絵師の間でも腕っこきの摺師だと評判ですからね」

そういって、流し眼を向けた。

腕っこき、絵師の間で評判、と直助は繰り返しいうと、

「そんなことはねえですけどね。おれぁ、まだまだおまんまの兄ぃの足下にも及ばねえ駆け出しのはんちく者でござんすよ」

でれんと目尻《めじり》を下げる。

馬鹿野郎、と安次郎は直助を睨めつけた。

お世辞を言われているのがわからねえのか、こいつは。だが、こまんまの直まで知っているのはなかなかだ、と芳艶を見る。

芳艶がふっと笑いかけてきた。

「さて、蔦屋さん、挨拶はすんだよ。さっさと始めようじゃないか」

芳艶が立ち上がった。


試し摺りは約二十枚。彫師《ほりし》からの校合摺《きようごうず》りに絵師が色差ししたものが、版木とともに摺り場に届けられる。絵師によっては色だけでなく、摺りの指定もしてくる。

歌川国貞、国芳、広重のような師匠たちは、きちんと摺り技の効果を知っている。

錦絵《にしきえ》が、絵師だけでなく、彫師、摺師の技があってこそ出来上がっていることを知り尽くしている師匠たちだ。

摺師は、絵師の色差しをもとに色を作るが、実際に色を置いて、摺ったとき、薄い濃いは当然出てくる。それを絵師が確かめて、さらに色を細かく調整するのだ。

摺りは、小さな面から摺っていく。色は薄い色からだ。

安次郎は、版木に色を置いて、刷毛《はけ》で延ばし、見当《けんとう》に合わせて紙をすばやく落とす。馬連《ばれん》を一度腿《もも》で滑らせてから、椿油《つばきあぶら》を浸した布の上で擦《こす》り、ひと息に摺り上げる。

その瞬間は息が抜けない。

本来ならば、一色摺るごとに紙を休めなければいけない。紙が水分を含むと伸びるからだ。見当にいくらきちんと合わせても、乾いてからズレが生じることがある。

だが、試し摺りではそのような悠長な真似《まね》はしていられない。

あくまでも色を見て、摺り技がどう活《い》きているかを確かめるだけの作業だ。

試し摺りは思いの外、順調に進んだ。

「へえ、見事なものですね。彫りは彫源の伊之助さんなので間違いねえのは当然なんですが」

芳艶が感心するようにいった。

「いままで色々な摺師に会ってきましたけど、さすがはおまんまの安さんだ。色も摺りもこちらの思い通りだ」

それを聞いていた直助が鼻をうごめかせた。

色は直助が作ったのだ。安次郎は若干、申し訳ない気持ちになりつつも、芳艶が満足していることに安堵《あんど》していた。

が、芸人の袴《はかま》の色で、芳艶が、

「違う」

と呟《つぶや》いた。

二

直助は眼を見開いた。安次郎も色差しを確かめる。

「いや、この色でいいと思いますが、なにか？」

芳艶は黙りこくって、ただじっと画を見つめていた。

安次郎は馬連を止めて、画に眼を落とす芳艶を窺った。

芳艶が眼を細めた。あぐらを組んだ脚の上に肘《ひじ》をつき、手を口許に当てる。かちりかちりと湿った音がした。

直助が顔をしかめる。芳艶は親指の爪《つめ》を噛《か》んでいた。

「芳艶さん。安次郎さんが摺った色は、お前さんの色差し通りじゃないのかえ?」

版元の蔦屋が口を挟んできた。

それでも芳艶は応《こた》えなかった。曲独楽師の衣装は小袖《こそで》が黒、袴は鶯《うぐいす》色。それが芳艶の色差しだ。色を作った直助は不満そうな表情をしている。もっとも、こういうことは常ではないが、あることだ。絵師は版下絵を描く際には、もう色を決めている。もちろん、版下絵は彫師に回され、版木の上で刃を入れられて、きれいさっぱり消えてなくなってしまう。が、その前段階の下絵で絵師は大まかに色をつけておく。校合摺りが上がり、色差しをするとき、その下絵につけた色を参考にする。その途中で、色を変えることもあるし、こうして試し摺りの際あらためて他の色との調和を見直すことで、改めることもある。

そうしたとき、摺師はその場で色を作る。

摺師は、摺りだけできればいいというものではない。絵師同様、色の玄人《くろうと》でもある。

絵師が直接紙の上に絵筆で絵具を刷《は》いたのと、版木に絵具を置き、摺りを施したものでは、同じ色でも趣が異なる。数百枚と版行している大師匠と呼ばれる絵師たちであれば、その色の違いを心得て色差しをしてくるが、まだ駆け出しの者では、自分の思い描いた色と違う、と感じることがままあるのだ。

安次郎は芳艶の描いた芸人の衣装を再び見る。黒の小袖であれば、袴はどのような色にしてもおかしくない。芳艶が選んだ鶯色でも見映えはする。

黒は便利な色だ。どの色を合わせてもいい。だが、翻って考えると黒は安易な色ともいえる。とはいえ、芳艶は画の全体から色が合わないとして変えたいのか、それとも思った通りの色でなかったから変えたいのか、どちらだろうか。

ふむ、と安次郎は唇をわずかに曲げた。

もっとも、そのどちらでも摺師は構わない。絵師が望む色を出すのが仕事であるからだ。そもそも試し摺りというのは、絵師が描いた通りの錦絵になっているかどうか確かめるために行われる。色だけでなく、摺り技を新たに要求されることもあった。ベタ摺りをぼかし摺りにするなど、そういうことはしょっちゅうだ。

「芳艶さん、これでは薄いですか？」

安次郎は黙りこくっている芳艶に訊ねた。

しかし、芳艶はうんともすんともいわない。直助が痺《しび》れを切らせて、身を乗り出し掛けたのを安次郎は制した。

「おい、芳艶さん。黙ってちゃ安次郎さんも困る。色を変えたいのなら早いとこいってくれなきゃわからないよ」

蔦屋が芳艶をせっついた。

その言葉に、芳艶が尖った顎を上げ、安次郎を見ると、

「あんたは、どう思う？　この色で文句はねえですかい？」

そう訊ねてきた。

「ご存じの通り、あっしら摺師は、色差しの通りに色を作ります。けれど、その色が気に染まねえというのなら、作り直します。そのための試し摺りですからね」

安次郎は軽く口許を緩め、応えた。芳艶が、舌打ちした。

「そんな返答を望んでいるんじゃありませんや。この色で文句はねえかと訊ねてるんでさ」

険のある物言いに、安次郎はいささか鼻白《はなじろ》む。

「意味がわかりませんね」

「おうおう、芳艶さんよ、色差しはあんたがしたんだ。てめえが色差しをしくじったと思っているなら、そういえばいいじゃねえか」

直助がたまらず口を挟んだ。

安次郎は直助を横目で睨めつける。直助が、首をすくめ、ちょこんと頭を下げた。

「苛《いら》つくのも仕方ねえ。まあ、煮えきらないおれがいけねえんですから。要は、安次郎さんだったら、どんな色を置きてえか、訊《き》きたかったんですがね」

芳艶はにっと歯を見せた。おれを試しているのか。なんのためだ。

たまさか色について絵師から助言を求められることはある。大抵は、どちらの色が合うか、あるいは濃淡を決めかねているときだ。

その際、安次郎は自分がその画に感じたままを口にする。もちろん、これまで幾千となく錦絵を摺ってきた経験から答えを出す。その答え通りにする絵師もいれば、再考してやはり初めの色に戻す者もいる。

それが、どのような選択であれ、安次郎は絵師の決めたことにもう口は出さない。摺師は絵師の決めた色差しをきちんと紙の上に再現し、指示された通りの摺り技を施す。最後の最後の判断は絵師でなければならない。

が、この芳艶の物言いは初手《しょて》からどうにも喧嘩《けんか》腰《ごし》だ。

「おれがどんな色を置きたいかより、芳艶さんがどういう色にしたいか、じゃねえですか。勘違いしてもらっちゃ困ります。おれは摺師です。絵師の描いた画を紙に写すことが仕事ですから。

余計な口出しはいたしません」

へえ、と芳艶はどこか侮《あなど》るような顔をした。

「それなら伺いますがね、鶯を摺ったとき、ちいっとばかり妙な顔をしたのが気にかかってね」

安次郎は芳艶へ向けて、笑みを浮かべた。

「おれの面《つら》がそう見えたのだとしたら、申し訳ねえことだ。そんなふうには思っちゃいませんよ」

それに、と安次郎は言葉を継いだ。

「国芳師匠の門下の方なら、この曲独楽師を実際に見て写してきたはずと思っております。その芸人が黒に鶯の衣装を着けていたとしたら、その通りの画になっているのでしょう。そこに文句のつけようもありませんが」

芳艶は、へえと今度は感心するように声を出した。

すると、蔦屋が面倒はごめんだとばかりに不快げな声を発した。

「芳艶さん。お前さんね、安次郎さんが妙な顔をしたの、どうしたのって、さっきから聞いていればわけのわからないいいがかりだよ。鶯色が嫌なら、別の色にすればいい話だろう？」

これじゃ、試し摺りがいつまでたっても終わらないよ、摺長さんにも迷惑だ、と周りを見回した。

「いいかい、揃物といっても、これは中判物だ。国芳師匠にお願いしている大判物とは違うんだよ。細かいところにこだわることもないだろう」

大判はいわゆる一枚摺りの錦絵として店頭に吊《つ》るされる大きさだが、中判はその半分だ。蔦屋の言葉に芳艶が色をなす。

「は？　中判だろうが、版行することは変わらねえ」

「いや、だからね」と、蔦屋が困った顔をした。

「じゃあ、なにかい？　おれのは中判だから出来が悪くてもいいってことかい？　それじゃあ駄目だ。負けるわけにはいかねえんだ。おれにだって意地がある」

これまでとは違う芳艶の強い口調を、安次郎は訝しむ。

「負けるって、どういうことだい？　安次郎さんはお前さんの画をいいものにするための摺師なんだよ。その人に突っかかるような物言いをするんじゃないよ」

蔦屋が呆《あき》れたようにいう。

「――そりゃあ、承知してるさ」と、芳艶は唇を歪める。

「まあまあ、蔦屋さん、うちは構いませんや。皆、てめえの仕事を黙々とやっておりますのでね。ひとりだけ手がお留守になっているのがおりやすが」

と、長五郎が直助をじろりと睨《にら》んだ。

たしかに、直助は試し摺りにかかわりがない。しかし、安次郎の隣にぺたりと座り込んで、仕事はうっちゃったままだ。

直助が空とぼけた顔をした。

と、芳艶が口を開いた。

「だいたい、いいがかりといわれるのは心外だな。おれはどんな色を載せたらいいかお訊ねしているだけだよ。なのに、安次郎さんは余計な口出しはしねえと意地の悪いことをいいやがる」

「待て待て、意地の悪いことってなんだよ。兄ぃは摺師としての立場をわきまえているんだよ」

直助がいきなり袖をまくり上げ、嚙み付いた。

見開く。

「摺師の立場？」

あはは、と芳艶がいきなり笑い声を上げた。膝を打ち、さもおかしいとばかりに笑い続ける。摺長の職人たちも馬連を止めて、芳艶を見やる。安次郎たちは呆気《あっけ》にとられて、それぞれ眼を見開く。

すっと直助が安次郎に身を寄せて、

「おれ、何か妙なことをいいましたかね？」

困惑の顔をした。

「さあて、芳艶さんご本人に訊くしかねえな」

安次郎は流すように応えた。なんとも、摑《つか》み所のない若者だ。

「おい、芳艶さんよ。おれぁ、笑い話をしたつもりはねえぞ」

直助の言葉に、芳艶はぴたりと笑いを止めた。

「いや、摺師ってのはどうにもお偉いんだなとそう思ったら、腸《はらわた》が捩《よじ》れるほどおかしくなってよ」

お偉い？　安次郎は芳艶をじっと見つめた。

「そりゃあ、どういうことだい。おれたちは偉かねえぞ。お前さんも知っての通り、版元、絵師、彫師は画に名が入るが、おれたち摺師はそうしたことはねえんだ。摺師は表には出ねえ。芝居でいえば黒子《くろこ》みてえなもんだ。錦絵を買う奴らだって、摺師なんざひとりも知らねえ」

直助が芳艶にいい放つ。直助は摺師を貶めているわけではない。まさにその通りだからだ。芳艶は、ああ、と頷いた。

「そいつは仕方がねえ。彫工までは版元も前もって選んでいるが、摺師はその次だ。どこの工房にするかあらかじめ決めていることは少ねえ。だから、彫りの段階では摺工の名は入らないのは当然だ。けれど、安次郎さんほどの腕っこきなら、絵師のほうから名指ししてくることもあるんだろう？　名を彫り込んでもらうことだってできる」

「その必要はありませんよ」

安次郎はあっさりいう。

なんでだよ、名が出れば仕事も増えるだろうが、と芳艶が薄い眉をひそめる。

「錦絵がわかっていないなさらねえので？　彫りに比べて、摺りの仕事は幾人もで同じ画を扱います。ひとりだけで一枚の画を摺ることはほとんどない。誰が摺った物かなどかかわりない。もし彫っていただけるとすれば、おれの名じゃありませんよ。摺長だ」

「なるほどね。奥ゆかしいお方とは聞いていたがその通りだ」

芳艶は、肩を小刻みに揺らした。

安次郎は、奥ゆかしいわけではありませんと、やんわり否定した。

「絵師と彫師と摺師で錦絵は出来上がる。そのうちのひとつでも欠けたらうまくはいかねえ。けれど、彫師と摺師は職人だ。どんな奴でも技さえ身につければどうにか食っていける。だが、絵師はまず画才がなけりゃなりません」

客も画を見て買いに来る。そこにどんな彫り技があろうが、摺り技があろうが、そんなものは見ちゃいない。描かれている役者、女で買う。むろん絵師が誰かも重要だ。

「彫師、摺師は代わりがいても、絵師の首をすげ替えることは出来ません。職人と絵師との違いはそこじゃありませんかね、芳艶さん」

芳艶は、ほっとしましたよ、と薄ら笑いを浮かべた。

「最近の彫師や摺師はてめえがやってやるんだとばかりの態度を取る奴が多くてね。とくにおれのような若僧だと尚更《なおさら》だ。これはできねえ、あれはできねえと吐《ぬ》かしやがる」

むっと直助が眉間に皺を寄せた。

「兄ぃはそんな摺師じゃねえぞ」

「だから安次郎さんに摺ってほしいと蔦屋さんに無理をいった」

はあ？　と直助が眼を丸くした。

「思った通りの職人だったから、ほっとしたといったじゃねえですか、こまんまの直さん」

てめえこそ偉そうに、と直助が身を乗り出した。

「直。よしやがれ。みっともねえ」

安次郎が止める前に、長五郎が怒鳴った。すいやせん、と直助が身を素早く引いた。

「ともかく、お眼鏡にかなったようで。で、袴はどういたしますか」

仕切り直しだというように安次郎はいった。

「ならば、安次郎さん、鶯色は芸人が実際身につけていたものだが、その袴の色をおれは変えたいんですがね」

今度は素直に訊ねてきた。

どうにも腹の底が見えない若者だ。嫌味な摺師にでも当たったことがあったのだろうか。だとしても度が過ぎるような気がした。

それでも試し摺りは終わらせなければならない。

安次郎は画をじっくりと眺める。中判の錦絵。背景の左上には青の波模様。

もっと芸人を際立たせるには、朱でもよいか。だが、あくまでも決めるのは絵師だ。そこに誘い込むような言葉を投げかけてやればいい。

「色数もさほどじゃありませんし、黒はどんな色でも活かせます。けれど、青は背景に使っております。独楽を回す台は青緑。他にない色を持ってくるなら――」

芳艶は親指の爪を前歯で軽く噛み、

「朱、かな？」

と、いった。安次郎は芳艶へちらと眼を向けた。

「承知しました。今から色を作りましょう」

安次郎は、一旦《いったん》腰を上げた。

手を施した画は、芸人をさらに前面に押し出し、存在感を上げた。

「よしっ。いい感じだ」

芳艶の呟きに、隣に座る蔦屋がようやく胸を撫《な》で下ろした。


試し摺りをようやく終え、蔦屋と芳艶を見送るため、ともに表に出る。

「じゃあ、あれでお願いしますよ」

蔦屋はやれやれという表情をしてちらりと芳艶を窺った。

芳艶は取り立てて気にも留めず袖手《しゅうしゅ》をすると、ちろりと安次郎を上目遣いに見た。

「安次郎さん、おれが朱にするように仕向けたんじゃねえですか？」

「まさか。おれはそんな気の利いた真似は出来ませんよ。買い被《かぶ》りすぎだ」

「けど、助かった。こいつは本音だ」

芳艶がにっと笑う。

安次郎も笑みを返した。すべてわかってやったことなのかもしれない。やはり、腹の底がしれない奴だと思った。

長五郎は蔦屋と何か話しながらげらげら笑っている。

摺り場に戻った安次郎は息を吐き、自分の摺り台に腰を下ろした。

「さすがに疲れたようだね」

向かいにいた束ねの職人が苦笑しながら声をかけてきた。

ええ、まあ、と安次郎が返す。

「若えのに生意気な男ですよ。色差しをしくじったんなら、素直にそういやいいものを、兄ぃに難癖つけて、結局は鶯色から朱色だとよ。色味がまったく違うじゃねえか」

もうよせ、と安次郎は、鼻を膨らます直助をたしなめた。

「芳艶ってのは、国貞師匠ンとこの貞重《さだしげ》ってのといい勝負だって話だよ。確か世に出たのも、歳も同じくれえじゃねえかなぁ」

束ねの言葉に、直助の尻がぴくんと跳ねた。

「おやっさん。ってことは、国芳門と国貞門の喧嘩ですかい?」

ははは、と束ねは笑った。

「ンな弟子同士の喧嘩なんて大袈裟《おおげさ》なもんじゃねえだろうよ。まあ、お互いにどっちが上かと競ってるぐれえだろうさ」

そうか、と安次郎は得心した。蔦屋が口を挟んできたとき、芳艶の口調が変わった。あの男の頭にはきっと貞重という絵師の顔が浮かんでいたのだ。

妙な性質《たち》だと思ったが、絵師としては存外わかりやすいかもしれない。

考えちまうなぁ、と直助は腕を組んで呟いた。

「どうした？」

「いやね、兄ぃ。芳艶は生意気で嫌な奴だったが、絵師同士もいろいろあるんだってね。おれたち職人じゃわからねえ、苦労っていうか、意地の張り合いっていうか、結構大変だろうなあと」

直助は、嫌な奴に対して、すぐにカッとしながらも事情を汲《く》んでやるようなところがある。こうした素直さにはいつも感心する。岡《おか》っ引《ぴ》きの手先のような真似もしているが、直助を使っている仙吉親分もこういう直助が好きなのだろう。

そうだな、と安次郎は応えた。

絵師は個で仕事を得る。国貞、国芳、広重のような大師匠ならともかく、これから世に出ようとしている絵師たちはどれだけ自分の画号を版元に覚えてもらうか懸命だ。

師匠の後押しで版行できたとしても、売れなければ、ひと月で店先から消えてなくなるのが錦絵だ。後摺《あとずり》もないとなれば、その版木は削られてまた別の画が彫られる。

「束ねは違うっていうけど、芳艶と貞重ふたりの張り合いとくれば、結局、国芳門、国貞門の戦《いくさ》になっちまう。でしょ、兄ぃ」

負けるわけにはいかねえ、というのも貞重相手だろう。

「直、おめえの割当てはやらなくていいのか」

安次郎はまったく仕事に向かわず考え込む直助に眼を向けた。

「あ、やりますやりますよぉ」

ようやく版木を摺り台に載せた直助が、そういや、といま気づいたように声を上げた。

安次郎は舌打ちした。

「話は後にしな」

「いや、兄ぃ。友恵さまがね」

友恵の名を聞き、安次郎は直助の顔を見る。

「兄さんの新吾郎さまがお役替えになるらしいといってきたときはそのようなことはひと言もいってましてね」

え？　と安次郎は眼をしばたたく。今朝、長屋を訪ねてきたときはそのようなことはひと言もいっていなかった。いまは叔父の俊之助が継いでいる安次郎の実家である田辺家と大橋家は同じく代々一橋《ひとつばし》家に仕えている。

田安《たやす》家、一橋家、清水《しみず》家の三家は御三卿《ごさんきょう》と呼ばれ、八代将軍吉宗《よしむね》と九代将軍家重《いえしげ》によって興され、御三家に次ぐ家格を持っている。

万が一将軍家に後継がなければ、御三家、御三卿の内から継嗣が選ばれる。実際、十一代将軍家斉《いえなり》は一橋家の出だった。ただし、御三卿が、御三家と大きく異なっているのは、独立した藩ではなく、徳川《とくがわ》宗家（将軍家）に依存した別家という立場だということで、その家臣もほぼ幕臣からの出向だ。

「つまり、新吾郎は一橋家を辞するということか？」

「おれはそこまでわかりませんよ。友恵さまもあまり詳しくは兄上さまより報《しら》されていないようで。まあ、少々心配そうではありましたけど」

と、直助は応え、仕事仕事と自らにいい聞かせ、ようやく絵具皿を取った。

新吾郎がなにかしくじりを犯したとも思えぬし、もし新吾郎本人が役替えで思い悩んでいたとしたら、叔父の俊之助の書状などわざわざ届けには来ないだろう。

それとも、武家の世界のことだ、と話すつもりがないのかもしれない。

しかし、奴にそんな遠慮があるだろうか。

なんにせよ、直助の言葉だけではわからない。友恵に訊ねても無駄ならば、新吾郎を直《じか》に質すしかないか。

すぐさま芳艶の画に取り掛かった。中判はさほど色数も多くはないので、五日も掛からず摺り上げられると思った。

と、

「大変だよ、大変だ」

金切り声が摺り場に響き渡った。皆がぎょっとして直助を一斉に見る。大《て》ぇ変《へん》だ、と騒いで摺り場に入ってくるのは直助が得意とするところだ。

「なに見てるんです。おれじゃねえでしょ。あの声は女だ」

しかも、婆《ばば》あだ、と直助が色をなした。

その通り、荒い息を吐きながら摺り場に転がるように入ってきたのは、おたきだ。

「おたきさん。どうしました」

安次郎は思わず腰を上げた。長五郎は煙管を手にしたまま、職人たちも馬連やとき棒を止めておたきへ眼を向けた。

「ごめんよ、仕事中に。親方さんも皆さんもすまないねえ」

おたきは足をもつれさせ、息も絶え絶えにいった。

「どうしたい？　婆さん」

長五郎が訊ねると、

「信坊がね、川で」

安次郎の背にぞわりと怖気《おぞけ》が走った。安次郎は摺り台を飛び越えて、おたきのもとに駆け寄った。今朝、長屋の子どもたちと一緒に川へ行くといっていた。

「かどわかされたんだよ」

安次郎はもとより、摺り場の職人らが皆、眼を瞠る。

思わずおたきの肩を摑み、安次郎は揺さぶった。

「かどわかされたってのは、どういうことですか？」

おたきは生唾《なまつば》をごくりと呑み込んで話し始めた。

「神田川《かんだがわ》で魚取りをして遊んでいたらしいんだけどね、昼になっても子どもたちは戻らない。夢中になって遊んでいるんだろうって長屋じゃたかをくくっていたのさ。そのうち腹を減らして帰るだろうって」

ところが、八ツ（午後二時頃）の鐘がなっても戻らない。さすがに、長屋でも心配になって迎えに行こうと誰かが言い出したとき、木戸を潜《くぐ》って子どもたちが戻ってきたという。

だが、その中に信太の姿がなかった。しかも、おかしなことに子どもたちは誰ひとりお腹《なか》が空《す》いたといわない。

おたきは年長の庄吉を問い質した。だが、庄吉はぐっと口をつぐんで一言も話さない。どう訊いても何も喋《しゃべ》らない。

すると、

「男同士の約定《やくじょう》を交わしたからいわねえ、でも必ず戻るといったんだ」

それだけいうと、貝のように口を閉ざしてしまったらしい。

「おたきさん、それなのになぜ信太がかどわかされたと?」

安次郎にさらに強く肩を揺さぶられ、おたきは表情を強張らせた。

「おい、安。少し落ち着け」

長五郎の言葉に、安次郎は首を回した。

「落ち着いていられませんよ。信太が」

「だからよ、おめえがそんなに怖い顔していたら、婆さんが話せないだろうよ」

ああ、と安次郎はおたきから手を放し、膝を揃えて座った。

「申し訳ねえ、つい」

おたきは首を横に振った。

「ごめんよ、安さん。あたしがいながら」

「そんなことは気になさらないでください。ですが、どうして信太が」

おたきが息を吐いて話し出す。

聞けば、幼い女児が母親の問いにたどたどしい言葉で告げたという。しかし、幼子だけに要領を得ず、話の辻褄《つじつま》も合っていなかった。

ただ、皆が川で魚を追っていると、和泉橋《いずみばし》の上から身なりのいい男たちに声を掛けられ、近くの茶店で団子やまんじゅうを食わせてもらったというのだ。その中には武家もいて、離れた縁台に座って子どもたちを嬉しそうに眺めていたらしい。

「他の子たちはなんと?」

「同じようなものだったよ。子どもたちの相手をしてくれていたのは供っていうか、商家の手代っぽかったというから——それでね、あたしは、武家ってのはあのお方だと思ったんだよ」

おたきは叔父の俊之助を見知っている。長屋に訪ねてきたことがあるからだ。その上、信太を養子に迎えたいと思っているという事情も、だ。

叔父が——。信太を連れて行ったというのか。なんてことだ。

「おう、安。心当たりがあるのか？」

長五郎が険しい顔をして、煙管の灰を落とした。

「おそらく、叔父ではないかと——」

あの叔父かよ、と長五郎は表情を曇らせ、呟いた。田辺家を継いだ叔父は、火事で生き残った安次郎を引き取らなかった。自分の甥《おい》を見捨てたのだ。

その仕打ちを長五郎もまざまざと覚えているはずだった。

「叔父には子がありませんから、信太を養子にと思っているようです」

「馬鹿いうんじゃねえ。なら、どうして親兄妹をいっぺんに亡くしたおめえを家に入れなかったんだ。え？　そんな身勝手な話があるかよ」

「おれが生きていれば、おれが田辺を継いでいたはずです。叔父はおれの後見についたでしょうが、当主にはなれない。すでにお上にも皆、死んだと報告していたでしょうし。いまさら覆せないと思ったのでしょう」

安次郎が声を押し殺していうや、

「そんな事情はかかわりねえだろうが。安。てめえはこの世にいないことにされたんだぞ。おれはな、お武家の都合なんてこたぁどうでもいい。許せなかったのは、生きているおめえを死人にしたことだ」

長五郎が怒声を上げた。

「それで、今度は信太だと？　ンなことされて、てめえは悔しくねえのか？」

安次郎の背に残る火傷《やけど》の痕《あと》が痛むような気がした。

職人たちすべてが安次郎の身の上を知っているわけではない。若い者であればなおさらだ。皆が固唾《かたず》を吞んで安次郎と長五郎、おたきの三人を見つめていた。

直助も黙っている。

「安さん、どうするよ。叔父さんの家に乗り込むかえ？」

おたきがおずおずといった。

安次郎は首を横に振った。長五郎とおたきが眼を剝《む》いた。

「てめえ、いますぐ信太を取り戻して来い。でなきゃ、死んだ女房に顔向けできねえぞ」

親方、と安次郎は唇を一旦、引き結んでから、いった。

「庄吉という子が、信太は必ず戻る、といっています。信太と庄吉が何を話したかはわかりません。けれど、連れ去ったのが叔父であるなら、信太には思うところがあるのだと、おれは思っております」

必ず、てめえで戻ってくるはずだと、と安次郎は静かにおたきと長五郎を見た。

「そんなぁ安さん」と、おたきは涙声だ。

「おめえ、どうかしていやがるんじゃねえのか？　相手は武家だぞ。その屋敷からおいそれと抜け出すことはできねえぞ」

わかっております、親方、と安次郎は頭を下げた。

「おれは、信太から付いて行ったと思います。それは信太の意志です」

「ちょ、ちょっと兄ぃ。そんなはずはねえよ」

直助がいきなり飛んできた。

「親方のいう通り、お武家のお屋敷に連れ込まれたら出られねえよ」

「そう喚《わめ》くな、直」

安次郎はなだめるようにいった。

「親方、おたきさん、直。親のおれがいうのもなんだが、信太は賢い。それは押上の舅姑に育てられたということもあります」

実の親に甘えるのとは当然違う。わがままよりも、我慢や遠慮を先に信太は覚えてしまった。幼い子のくせに、自分を殺して人を思いやることを覚えてしまった。おそらく、叔父にもそうした思いを向けているはずだ。養子に望まれているということを感じていなくてもだ。

「だって叔父さんは信太がほしいんじゃやねえですか？」

「そうだ」

「それなら、早く迎えに行ってやったほうが」

ただ、安次郎は叔父がそのような真似はしないだろうと思ってもいた。新吾郎を通じてわざわざ書状を届けてくる叔父なのだ。むろん、通りしなにたまたま信太を見掛け、衝動的に屋敷へ連れて行きたくなったのかもしれない。

しかし、叔父でないとしたら、話はもっと厄介だ。が、庄吉の態度から考えれば、信太が知っている人物であると予想がつく。

庄吉を問えばわかることであろうが、きっと信太を裏切るような真似はしない。子どもには子どもの世界がある。

おれがどれだけ信じてやれるかだろう。安次郎はふと笑みをこぼした。今度は子どもたちに試されているような気がした。

「兄ぃ、なにを笑ってんですか。どうするんですか。本当にかどわかしなら、おれ仙吉親分の処へすっ飛んで行きますよ」

「その必要はねえさ。一晩経《た》っても戻らなかったら、庄吉に訊くまでだ。だが、おれは信太が帰ると信じているよ」

摺り場がしんと静まり返る。長五郎もおたきも呆気に取られた顔をした。

「お騒がせして申し訳ねえ、おたきさん。おれは仕事の続きをいたしますんで。六ツまでにおれが戻らなければ、おたきさんの家で飯を食わせてもらえと信太にはいってあります」

「そ、それは承知しているけどさ。あんた、ちょっと薄情じゃないかえ？　信坊はまだ十にもならない子なんだよ。どれだけ怖い思いをしているか」

「そうだよ。芳艶の中判物はおれが代わりに摺るからよ」

「そうはいかないさ。芳艶さんはおれに摺ってもらいてぇと蔦屋さんに頼んだんだ」

「だとしてもよぉ」

食い下がる直助に長五郎がいった。

「よせよせ、直。こいつはな、こうと思ったらてこでも引かねえぞ。わかったよ、安。おめえがそういうなら、おれも信太を信じるぜ」

「信太は大丈夫です」

安次郎は腰を上げた。

芳艶の仕事を途中まで上げ、安次郎は帰り支度を始めた。

もうとうに陽《ひ》は落ちている。そのせいか寒さが増したような気もする。

道具を片付けていると、ようやく信太の顔が浮かんできた。馬連を握っているときにはまったく思い出さなかった自分は、おたきのいう通り薄情なのかもしれない。

だが、自分では痛いほどわかっている。不安が過《よぎ》るのを懸命に抑え込んでいたのだ。一刻も早く仕事を終えて、長屋へ戻りたい。信太の顔を見て、安心したいのだ。

しかし、そうした余計な思いは手許を狂わせる。摺りを施しているときには何も考えないようにしている。一枚の版木で二百枚。同じ色、同じ調子、同じ力で摺らねばならない。そのときに余計な思いを入れれば、どれかが乱れてしまう。

長五郎も、摺り場の職人たちも安次郎に声を掛けてこなかった。おそらく皆も安次郎の思いを察して何もいわないのだろう。

ひとりだけ違う奴がいる。隣でずっとぶつぶついっている。直助だ。安次郎が仕事を終えるやいなや、

「なんで平気な顔して仕事ができるのかまったくわからねえや。信坊のことが心配じゃねえんですかい？」

早速、文句をいってきた。

誰が平気でいられるものか、とひと睨みすると、

「痛ってえ」

と、直助が頭のてっぺんに手を当てた。

「ごちゃごちゃうるせえんだよ、てめえは。安と幾年付き合っていやがる」

長五郎が雷とともに拳固《げんこ》を直助に落としていた。

「こいつはな、誰より信太を心配している。けどな、誰より信じているんだ。親ってのはな、何でもかんでも口を挟めばいいってもんじゃねえ」

「そんなことといっても、信太はまだガキだ」

「おう、そうよ。ガキにはガキの考えがあるもんだ。それをあだこうだと先に立ってお膳立てするばかりが親じゃねえ。その子の、その歳なりの気持ちを推し量れねぇといけねえんだよ」

長五郎は、むうと仁王立ちしていい放った。

「それなら、おちかさんのことも推し量ってやるってことですか？」

直助が妙なことを言い出した。

「おちかさんに好いた男ができたら――」

「おめえじゃなければ、考えてやろうじゃねえか」

ふん、と長五郎は鼻を鳴らして、どすどすと床を踏み鳴らし、その場を去った。

ちぇっ、と直助が舌打ちした。直助の春はまだまだ遠そうだ、と職人たちが気の毒そうに直助を見つつ、苦笑いした。

「ともかく兄ぃ。片付けはおれがしておきますから、早く長屋へ。信坊が帰《け》ぇっているかもしれねえでしょ」

「戻っているなら、おたきさんの処で飯を食っているさ。さて、おれの夕餉はどうするか」

安次郎は煤《すす》けた天井を見上げた。

「お利久さんの店に寄って、何か包んでもらうか」

信じられねぇ、と身をのけぞらせながらも直助はいそいそと帰り支度を始めた。

長五郎に無言で見送られ、安次郎と直助は表に出た。

「あっ」

声を出した者の顔を見て、安次郎は眼を見開いた。

彫師の伊之助だ。

「どうしました、伊之助さん。摺長の仕事はしばらくないはずでしょう」

いや、と伊之助が妙な顔をした。

「安次郎さんを迎えに来たんだよ」

おれを？　安次郎は怪訝《けげん》な顔で伊之助を見つめた。

三

『りく』と記された赤い提灯《ちょうちん》が軒下に下がっている。

「なんでだよ、伊之助さん、なんでお利久さんの店に来るんだよ」

直助が伊之助に向かって喚く。

「ちょいとばかり会ってほしいお方がいるもんで」

とはいえおれたちもこの店に連れてこられたようなものでね、と笑った。どういうことだと安次郎は訝る。

「兄ぃはすぐに戻らなきゃならねえんだ。誰かと会っている暇はねぇ」

縄のれんを潜り掛けた伊之助が、「信太のことかい？」といった。

「信太はここにいるのか？」

安次郎は思わず声を上げていた。

「もういねえ。さっきおれが送り届けたんだ。その帰りに摺長に寄ったんだがね、いてくれてよかった」

「冗談じゃねぇよ。伊之助さんが信太をかどわかしたのかい」

直助が大声を出すと、

「かどわかし？」

伊之助がげらげら笑い始めた。

「よくわからねえが、ともかく入った入った」

伊之助が身を翻して、安次郎と直助の背を押した。

「あら、おいでなさいまし。お久しぶりですね」

お利久が笑顔でふたりを迎え、軽く目配せした。安次郎は小上がりを見て、驚いた。歌川国貞が酒を呑んでいる。

「よう、おまんまの。いつぞやは」

国貞が猪口《ちょこ》を掲げた。その横には少々いかつい顔をした若者が座っている。

「信太って坊主があんたの子か。可愛《かわい》らしい顔していやがったなぁ。それに性根も据わっていて、なかなかの小僧だったが」

国貞がそういって笑う。つまり和泉橋の上から長屋の子どもたちに声を掛けてきたのは、伊之助と国貞だったということか。

「ああ、もう」

と、直助は疲れ切った表情で嘆息した。

「かどわかしだのなんだの、何があったというんだい、安次郎さん」

伊之助が小上がりに上がりながら訊ねてきた。

何があったも何も、と興奮した口調で直助はちゃっかり小上がりに上がり、伊之助の隣に座った。安次郎は伊之助に促され国貞の前に腰を下ろした。

ですからね、と直助が事の顚末《てんまつ》を語り始める。

「そいつは気の毒なことをしちまったなぁ。けど、その婆さんもずいぶん早とちりだ。一緒にいた武家はおれが出稽古《でげいこ》に出ている先の旗本家の用人だ」

叔父ではなかった、と安次郎は自分の早とちりにも呆れつつ、胸をなでおろした。

国貞は話が妙な方向にいってしまったのがおかしくてたまらないらしく、肴《さかな》を口に運びながら、笑いを洩らしている。

「笑い事じゃありませんよ、国貞師匠。こっちは本当に心配していたのですから」

「悪《わり》ぃ悪ぃ」

と、まったく国貞は悪びれていない。

すると、酒と猪口を載せた盆を持ってきたお利久が、遠慮がちにいった。

「あたしのせいね。ごめんなさい」

「なんで、お利久さんが謝るんですか？」

お利久が安次郎をちらと横目で見る。ああ、そうだったのか、とようやく気づいた。

「いや、お利久さんのせいじゃありませんよ。おれのほうこそ面倒かけて申し訳なかった」

安次郎は頭を下げた。

なんだ、なんだ、おれにはさっぱりだ、と直助が騒ぐ。

「まあまあ、信太は長屋に戻っているし、安次郎さんをここに連れてこられたし、めでたしだ。ねえ、こまんまの直さん」

伊之助は調子よくいって、直助の猪口に酒を注《つ》いだ。

「で、師匠。おれに何か」

「ったく、生真面目《きまじめ》な野郎だな。そうせっつくこともねえじゃやねえか」

国貞がちろりを差し出した。

「こいつは失礼しました」

猪口で酒を受けると、国貞が口を開いた。

「この若いのは、貞重って駆け出し者だ」

貞重――。猪口を口に運んだ安次郎の脳裏に芳艶の顔が浮かんだ。

「歌川貞重です。お見知り置きを」

組んでいた胡座《あぐら》を解き、膝を揃えた。

「芳艶よりも躾《しつけ》ができてますね」

直助が安次郎の耳許で囁いた。

「聞こえてるよ、こまんまの」

国貞が破顔した。歌川の大師匠から、こまんまといわれ、直助は恐縮して首をすくめた。

「まあ、芳（国芳）が、勇み肌だからなぁ、集まる弟子もみんな血の気が多い。そこ行くとおれン処は品がいい」

そういって、含み笑いを洩らした。

「でな、おまんまよ。おめえさんへの用は他でもねえ、こいつの一枚摺りの画を摺ってくれ。むろん大判だぜ」

安次郎は猪口を前に置いた。

「おめでとうございます。ですがそいつは」

「できねえというこたぁねえだろう？　それとも、芳艶を摺ったから、うちのはやらねえとでもいいなさるか」

どこで知ったのやら。錦絵の世界も噂はすぐに広まるものだと感心する。

「そうじゃありません。仕事は、版元さんから摺長で受けるものです。師匠のお頼みでも、おれがここで返事をするわけにはいきません」

ふうむ、と国貞が唇を曲げた。

「師匠、だからいったでしょう。安次郎さんはそういう仕事の受け方はしねえって。先に版元さんを通しましょうって」

伊之助が大根の煮物を口にしながらいった。

「お願いします。安次郎さんほどの腕のいい摺師におれの画を任せてえんです」

と、懸命の面持ちで貞重が頭を下げた。

「おれは職人ですよ。頭なぞ下げることはありません。受けた仕事は必ずきちりと仕上げます。ただし、それは絵師が誰かもかかわりないことですが」

貞重が一瞬、顔を歪めた。

くくく、と国貞が小刻みに肩を揺らした。

「相変わらず、お堅いこったな。さすがはおまんまの安だ。この貞重の一枚摺りはよ、武者絵だ。

なぜか、豪壮な武者が得意でなぁ。おれの処にいるくせに美人も役者も苦手ときてる」

直助が目の玉をひん剝いた。

「武者絵っていったら、国芳師匠じゃねえですか。それを国貞門の貞重さんが描くってことは」

「まあ、国貞一門と国芳一門の喧嘩だわなぁ」

国貞は呑気《のんき》にいいのける。

それで、芳艶は焦っていたのか。負けるわけにはいかねえという言葉は貞重が武者絵を描くと聞かされたから出たものに違いない。美人と役者に長けた国貞門から、武者絵まで版行されてはたまらないのだろう。自分が中判であるのも悔しかったのかもしれない。

「彫りは伊之助が受けてくれた。まあ、摺りは版元から摺長に頼むとするよ」

「ありがとうございます」

安次郎が礼をいうと、国貞は口角を片方だけ上げた。

「必ず摺長には受けてもらうがな」

見ると、直助が貞重を慰めるつもりか、肩に手を乗せた。

「兄ぃは生真面目なんだよ。おれならいつでも摺ってやるぜ」

「駄目だ。おれはおまんまの安がいい」

存外、酒に強くないのかすでに顔を赤く染めた貞重は身を揺すって、駄々子のようにいった。

「なんだよ。こいつ。おれだって、兄ぃに負けねえぞ」

直助が身を乗り出し、貞重の首を締め上げる仕草をした。

「やめねえ、やめねえ」と、伊之助がふたりを引き剝がす。

貞重がむすっとしながら喉元《のどもと》を手で押さえ、酒を呷《あお》った。

「おれだって、負けたくはねえ。芳艶の野郎、おれの武者絵の下絵を見て、うちの師匠の飼い猫のほうがよほど肝が据わった顔をしている、こんな武者は戦ですぐ死んじまうな、といったんだ。あいつの鼻っ柱をいつか折ってやりてえんだよ。あいつだって、生《なま》っ白《ちろ》いイタチみてえな面していやがるくせによ」

「イタチか。ははは、確かにそっくりだぜ。性根も悪いしな」

と直助が大笑いする。

「おいおい。重。おめえもよ、おまんまが摺りてえと思うほどの画を描けばいいんだ。もっと呑め、呑め。おれの奢《おご》りだ。なんでも頼め。おい、女将《おかみ》」

国貞は弟子の背を叩いて、鼓舞した。

結局、一刻《いっとき》（約二時間）ほどの宴《うたげ》となった。

あまり宴席が得意でない安次郎は妙に気疲れした。

直助と貞重は馬が合ったのか、おぼつかない足取りで、げらげら笑いながら店を出る。伊之助と国貞がその後に続いた。

縄のれんをくぐった安次郎の背にお利久が声を掛ける。手には提灯を持っていた。

「今日は、ごめんなさい。あたしが気付いていれば」

「とんでもねえことですよ。おれが信太との約定を違《たが》えたんです」

「いらぬ心配をかけてしまって。信太ちゃんを叱《しか》らないでくださいましね。あの子、一所懸命でしたから」

叱りませんよ、と安次郎はお利久に笑いかけた。

「でも、とても上手でしたよ。器用なのは安次郎さん譲りかしら」

「さあ、どうですかね。では、おやすみなさい」

お利久から提灯を受け取り、国貞たちの後を追いかけた。すぐさま国貞の足元を照らす。

「ああ、すまねえな。やれ、気持ちいい風だ、おまんまの」

国貞が大きく息をした。

「なあ、おめえたち職人に、絵師ってのはどう映っているんだ？」

国貞が歩きながら訊ねてきた。

「絵師がいなければおれたちの仕事はなくなります。それこそおまんまの食い上げですよ。まあ、画の良し悪しをおれたちがいうことじゃありません。ただ、生意気をいえば、売れる画か、そうでないかはわかります。それでも、おれたちは摺るだけですよ。手を抜かず。それが仕事ですから」

国貞がふんと鼻で笑う。

「おめえは、ほんに生真面目で、冷淡だな。悪い意味じゃねえよ。職人としちゃ真っ当だという意味でよ」

「恐れ入ります」

直助と貞重は何がおかしいのか、まだ笑い続けている。天水桶《てんすいおけ》に突っ込んでいきそうになるふたりを伊之助が慌てて止める。国貞と安次郎は三人の様子を後目《しりめ》に先を歩いた。

遠くから、やはり酔った者たちの声が聞こえてくる。

安次郎は夜空に瞬く星を見上げた。

と、国貞がひとりごちるように話し始めた。

「おれたち画工はよ、互いに妬《ねた》みと羨望《せんぼう》をいつも抱きながら生き抜いていかなくちゃならねえ。

あいつがどんな画を描いた、こいつがでかい仕事をした、てめえの後摺が出ねえ、版元が認めてくれねえ、とかな。一枚も版行できずに辞めていった奴もいるが、そういう悔しさに身悶《みもだ》えて、潰《つぶ》れちまう奴もいた。図々しくて、気持ちが強い奴じゃねえと、画なんか描いちゃいられねえ」

国芳がそうだった、と懐かしむような眼をした。

「あいつは心根が強えからな」

国貞と国芳は同じ豊国《とよくに》門下だが、国貞のほうが歳も十一上の兄弟子だ。国貞はすでに売れっ子の絵師。が、国芳は鳴かず飛ばずで苦しい暮らしをしていた。

「いつかおれみてえに、芸者をあげて舟遊びをしてえってな。くだらねえが、そうした意気地がなきゃやってられねえ。そんな馬鹿の一念貫いて、武者絵で大当たりした」

おれがいたから、あいつは登ってこられたんだ、と国貞はうそぶいた。

「おれは、どこかの版元で芳艶の下絵を見たことがある。あいつの画才は本物だ。おそらく国芳の画をいまはあいつが一番引き継いでいる。だから、おれは貞重を芳艶にぶつけようと思ったのさ。武者絵が描きてえといったからな」

「それで、師匠はよしとしたんですか？」

国貞が安次郎へ眼を向けた。

「おう、そんなら芳のとこへ行きやがれっていってやったが、あいつは出てかねえや。ふふふ、それなら芳艶と競わせてみたいと思った。あいつも芳艶を意識してるからな。そして互いに意地を張り合えば高めていける。多分だが、芳の奴も気付いているだろうぜ」

国貞は、懐手《ふところで》をしてゆっくりと歩を進める。

後ろからは、直助たちの笑い声が聞こえてくる。

「職人にはねえのかい？　そういう意地の張り合いはよ」

「まあ、おれたちは工房仕事ですからね。ただ、なくはないですね」

「ほう」

国貞が感嘆する。

安次郎はぼうとひかる提灯の明かりを眺める。

「絵双紙屋の店先に吊るされている錦絵を見て、思いますよ。おれだったら、こう摺ってやるとか。このぼかしは甘いとか。まあ時折ですがね」

なるほどなぁ、と国貞は得心したように頷いた。

「おめえにもそういう思いがあるんだな。ほっとしたぜ」

ほっとしたぜ、かと安次郎は苦笑いした。

すると、国貞が両腕を上げて、大あくびをした。

「これから亀戸まで帰るのは骨だ。版元のところへでも転がり込んでやるか、ははは。次の芝居絵を描くといえば、泊めてくれるだろうぜ」

おーい、貞重、伝馬町《てんまちょう》まで行くぞ、と後を振り向き怒鳴った。

けどな、と国貞が安次郎へすぐさま顔を戻すと、

「張り合いは、ただの喧嘩だと思っちゃ困るぜ。張り合えるのはな、相手をちゃんと認めているからだ」

ひとり頷いた。

「そこいくとよ、芳は変わらずおれを恨んでいやがる。おれにとっちゃ可愛い弟弟子なんだがな。そういうおれの態度が気に食わねえのかもしれねえな」

同じ土俵にいるのだと、芳はいいたいのだろうよ、おれもそう認めているんだが、伝わらねえな、互いによ、と寂しそうにいった。

「だから、貞重さんと芳艶さんにはそうなってほしくないのじゃありませんか？」

安次郎が問い掛けた。

ははは、おりゃそこまで深くは考えてねえ、と国貞が安次郎の言葉をかわした。


だが、伊之助に彫りを、おれに摺りを頼んできたのもそのためか。同じ条件を与えてやれば、残るのは絵師の技量だ。

さらに、摺りは錦絵の最後の工程だ。

腕のいい摺師であれば、見る者が見れば、画そのものの良し悪《あ》しはすぐにわかる。下手な摺師を使えば、いい画でも見た目は悪くなる。それを国貞は避けたかったに違いない。

「国貞師匠、おれはここで失礼します。もう長屋はすぐそこですので」

安次郎は提灯を差し出した。

「悪かったな。付き合ってもらってよ。けど、おめえの倅《せがれ》も面白えなぁ。板場で女将に玉子焼きの手ほどきを受けてよ。親父のおめえに食わせたかったのかえ？」

いいえ、と安次郎は首を横に振った。

「あいつが大好きな人のためです」

「へえ、あの歳で惚れた女でもいるのか」

「さあ、母親のように慕っているといったほうがいいでしょうか」

ふうん、おめえも知ってる女かえ？　と国貞が楽しそうに訊いてくる。

「ええ、よく知っております」

「そうかえ、そうかえ。そら、貞重。行くぞ。提灯持ちやがれ」

笑い声がぴたりと止まって、貞重が駆け寄ってきた。

「じゃあな、おまんまの」

「ごちそうさまでした」

安次郎は国貞の背に向けて頭を下げる。

伊之助は直助の塒に行ってまだ呑むという。

安次郎は夜の通りにひとり残された。足下を風が吹き抜けていく。

意地を張り合っていても、相手を認めなくちゃいけねえのか――。

できるのか、おれに。


五郎蔵店の木戸を潜ると、おたきがちょうど障子を開けて、出てきた。

「おたきさん、今日はお騒がせをしました」

「お帰り。遅かったねぇ。信坊はあたしが長屋に戻るのと同時に、伊之助さんって彫師さんが送ってきてくれてね。あたしこそ、ごめんよ。あの叔父さんにかどわかされたなんて思っちまったもんでさ」

いいえ、おれもそう思いましたから、と笑いかけた。

そうかえ、と答えつつも、おたきはしょげ返る。

「おたきさんが勘違いなさるのもわかります。それもこれもおれのせいですから」

安次郎が頭を下げると、おたきが首を振った。

「ねえ、安次郎さん、余計なお世話かもしれないけどさ、やっぱりはっきりとお断りした方がいいんじゃないかえ？」

「ご厄介をかけます」

おたきが眉間に皺を寄せた。

「じゃあ、信太を連れていきます」

安次郎がおたきの家を覗き込むと、おたきが止めた。

「信坊なら、もうすっかり眠っているよ。今夜はあたしの処でいいよ。安さんも呑んでるようだからさ。たまにはひとりでゆっくり寝なよ」

「なら、お言葉に甘えさせていただきます」

背を向けようとした安次郎ははっとして、向き直った。

「信太は玉子焼きを持ってきましたか？」

おたきに訊いた。ああ、とおたきが笑みをこぼす。

「すごくおいしい玉子焼きだったよ。しっとりして甘くてね。まるで菓子みたいだった。なんでも友恵さんに焼いてあげるんだって張り切っていたけれどね。何があったんだい？」

まだ長屋に馴染めない頃は、友恵の家で信太はよく世話になっていた。いまは子どもたちと遊ぶようになったので、以前ほど通わなくなったが、信太は友恵に何か礼がしたいといっていたのだ。

「それで、おれがよく行く店の玉子焼きが友恵さんの好物だから、それにしたらどうかと。ですが、信太の奴、店で買うのではなく、自分で焼くのだといい出して。その店にいつ行けるのかと毎朝訊かれていたのですが。なかなか都合がつかず」

おたきは、はあと息を吐く。

「だから信坊、怒っていたんだね。父ちゃんはなかなか約束を守ってくれないってさ。そこの店の女将さんも優しい人だね。丁寧に教えてくれたっていうじゃないか」

あの場でお利久にきちんと礼をしなかったのが悔やまれた。

玉子焼きが上手に焼けたことはうれしそうにしていたよ、明日にはご機嫌が直るさ、とおたきが心配そうに安次郎を窺ってきた。

「叱るつもりはありませんよ。今度、玉子焼きを食わせてくれと頼みます」

「そうしてあげなよ。友恵さんと父ちゃんといっしょに食べたいってさ」

それも叶えてあげるんだね、とおたきは含むようにいった。

おたきの家を再び覗き込むと、夜具をはいで眠っている信太の姿が見えた。

底冷えするような家に戻ると、酒の気がひと息に飛んだ。

安次郎は、行灯《あんどん》に火を入れ、鏡台の引き出しを開けた。

ためらいつつ、叔父からの書状を取り出す。「安次郎殿」と記された文字をしばし眺めてから、開いた。

おれは、張り合っているわけではない。だが――。

翌朝、信太はおたきの家から仔《こ》ウサギのように飛んで出てくると、「父ちゃん、ごめんなさい」と、かじりついてきた。おたきから聞かされたのだろう。

安次郎は信太の頭を撫ぜ、「心配したぞ」とひと言だけいった。

長屋を出ると、摺場に向かわず、一橋邸に足を運んだ。

一橋邸の前で、厳しい顔つきの門番が安次郎を一瞥《いちべつ》し、誰何《すいか》してきた。

新吾郎の名を告げると、訝りつつも取り次いでくれた。

四半刻《しはんとき》（約三十分）ほども待たされただろうか。

潜門《くぐりもん》から、新吾郎が顔を覗かせた。

「どうした、安次郎。お前から訪ねてくるとは思わなかった。田辺さまに会う気になったのか」

そうじゃない、と安次郎ははっきりといった。

「それより、おれに伝え忘れていることはないか？」

安次郎は強い視線を向ける。

新吾郎は、こっちへ来いと安次郎の横をすり抜け、先を歩き始めた。

堀端を新吾郎は歩く。

「待てよ、新吾郎」

安次郎が背に声を掛けると、

「友恵から聞いたのか？　おれは一橋を出ることになった。実は今のご家老さまがお辞めになり、大目付になられる。おれはそれについて行くことになったんだ」

あっさりと応えた。

「なら、その配下に？」

「ああ。大目付は大名の監視役だ。一橋家は様々な藩との付き合いがある。それを活かせということだろうな」

だから、と新吾郎は安次郎を睨めつけた。

「おれはもうこれまでのように田辺さまを手伝うことが出来ぬのでな。しかし、それをお前に告げれば、気にするかもしれぬ。おれのことを考えて、得心せぬまま田辺さまに会うかもしれない。それは避けたかった。だからいわなかった」

せっかくここまで来たのだ。田辺さまに会うてもいいだろう、と新吾郎が安次郎を見つめる。

いや、と安次郎は断った。

「それならば、なぜ来たのだ。おれの役替えのことだけか？」

「叔父の書状には、恨んでいるのも承知している、許してくれともいわぬ、ただ会いたいとあった。これまでとまるで変わらぬ叔父の思いだ。くだらぬと思ったよ」

新吾郎が声を荒らげた。

「わからん。お前がわからん」

安次郎は空を見上げた。まるで錦絵のように一面美しく摺り上げた青色をしていた。

「新吾郎。これまですまなかったな。書状の最後に、春、桜の頃に会いたいという文言があった。おれもそれを望んでいる」

そう叔父に伝えてくれ、と安次郎はいった。

安次郎、と新吾郎が呟く。

張り合えるのは、認め合っているからだ、という国貞の言葉を思い出していた。

第三話

邂逅の桜

一

江戸っ子は、初物が好きだ。その筆頭に挙げられるのはやはり鰹《かつお》だ。一本に十両の値が付いたとか、その昔、紀伊国屋文左衛門《きのくにやぶんざえもん》が、日本橋河岸《がし》で初鰹を買い占めて、人々に大盤振る舞《おおばんぶま》いをしたといわれる。

江戸っ子が好む初物には、鰹の他に、正月に飾る福寿草《ふくじゅそう》、初茄子《はつなす》や新酒、新茶などがある。春を告げる鶯《うぐいす》の鳴き声もそれに当たる。その年初めての鶯の鳴き声は初音《はつね》といって、その時季になると、どこで鳴くかと、大騒ぎする。

つまり、食い物も鶯も、その季節の訪れを肌や舌で味わう楽しみがあるからだ。

摺長でも、この頃《ごろ》は春を謳《うた》う錦絵《にしきえ》が増えている。梅花の時季はすでに過ぎ、桜が多くなった。満開の桜の中を歩く娘たちや、上野《うえの》の桜、飛鳥山《あすかやま》の桜とさまざまある。

「兄ぃ、おまんまの兄ぃ。これ見てくださいよ」

隣の摺《す》り台に座る直助が版木を持っていた。

安次郎が眼《め》を向けると、一枚の色板だ。鰹の叩《たた》きが彫られている。

「いいですねぇ、幾枚鰹があるんだか。大皿にてんこ盛りした鰹を食ってみてえな」

安次郎はふっと笑みを浮かべる。

「欲張ると腹を壊すぞ」

「なにいってんですか、初物を食うと寿命が七十五日延びるんですよ」

「言い伝えだろうが。食いたいだけなら、ちっと時季を待てばいい。魚屋だって商売だ。こっちの足下見て、値を吊《つ》り上げてくるんだ。毎年毎年、ご苦労なことだ」

え？　と直助は眼を見開いた。

「驚いた。こいつは驚いたなぁ。兄ぃってそんなしみったれたこと考えてたんですか？　この年の初めての鰹だから、値打ちがあるんですよ。二番三番じゃ意味がねぇ」

うるさい奴《やつ》だな、と安次郎は耳を傾けるのをやめ、摺り台に版木を置いた。

「鰹は、戻り鰹のほうが美味《うま》いそうだ」

もういいですよ、と話に安次郎が乗り気でないのを悟ったのか、直助も版木を置いた。

「はいはい、これから鰹の叩きを二百枚摺りまぁす」

直助が声を出すと、

「うるせえな、仕事は黙ってやれ」

束《たば》ねの職人が怒鳴った。安次郎は苦笑して、摺り台の横に置いた校合摺《きょうごうず》りに眼を落とす。校合摺りは墨線の主版に色差ししたものだ。

桜の風景。そぞろ歩く娘たちの姿が描かれている。空はぼかし、地は緑、娘たちは陽《ひ》を避《よ》けるためか、傘を差し、揃《そろ》って朱の三つ鱗《うろこ》模様の小袖《こそで》を身につけている。

一番前を歩いている女の小袖だけは青の三つ鱗だ。この女が娘たちを引率して花見をしているようだ。この者たち以外に人の姿はない。

ははは、娘たちのお練りか、と安次郎は口許《くちもと》を綻《ほころ》ばせる。

踊りや小唄《こうた》、寺子屋の師匠《ししょう》が門人を引き連れて、花見をすることがある。これは、それを描いたものだろう。花見は、桜花に限らず、梅や躑躅《つつじ》、菖蒲《しょうぶ》、藤の花など機会は多い。普段の稽古《けいこ》から離れ、師匠が弁当を用意して、門人同士の親睦《しんぼく》をはかる場にもなるのだ。

ただ、錦絵のこうした情景は絵師が実際に出くわしたものを描《か》いているとは限らない。何がしかの意図を持って描かれることも多々あるのだ。

商家が版元に銭を出して、自分の店の品をさりげなく入れ込むことはよくある。

美人画の場合には、化粧品がよく見られる。江戸の水や仙女香《せんじょこう》などはいい例だ。役者絵でも、外郎《ういろう》売りや歯磨き粉売りなどがある。

要するに、錦絵が引き札（広告）になっているのだ。

大きなところでは駿河町《するがちょう》の越後屋《えちごや》だ。駿河町を描けば、富士の山と越後屋が必ず描かれる。これはもう江戸の名所ともいうべき風景になっているが、越後屋とて、錦絵に描かれるたびに利はあるだろう。

はてさて、これはどうかな。

傘の意匠は、五弁の桜花。これは花見にかけたものとも思える。やはり三つ鱗の小袖の方か。

安次郎はしばし手を止めて、色差しされた校合摺りを再度じっくりと眺めた。

摺り技はぼかしくらいだが、色は十四。華やかさは十分だ。

「兄ぃ、手許《てもと》が珍しく留守になっておりますよ」

直助が皮肉めいた物言いをした。

まったく、小姑《こじゅうと》みたいな奴だな、と苦笑する。

と、直助が身を斜めにして、校合摺りを覗き込んできた。

「あれえ、これって、お民《たみ》さんじゃありませんかね」

直助が頓狂《とんきょう》な声を上げた。

お民？　安次郎は首を傾《かし》げる。

「そうですよ、この三つ鱗の小袖。うろこ屋《や》って日本橋の魚屋なんすけど、おかみさんは踊りの師匠もしているんですよ」

「そうなのか？」

「そうですよ、おれが嘘《うそ》をいわねえのは知ってるでしょ」

直助が鼻をうごめかせた。

「まあ、そうだがな」

安次郎は脇《わき》に置いた試し摺りを手に取る。だとすれば、これはうろこ屋の宣伝か。魚屋と踊りの稽古と両方ってことだ。

安次郎は、桜の花を見た。娘たちと女の頭上に咲き誇っている。花色は淡い桃色だ。

桜花を見て、叔父である田辺俊之助との対面が近くなったことを思う。叔父からの書状に、桜の頃に会いたいという文言があったのだ。

かつて、幼馴染《おさななじ》みの大橋新吾郎が叔父と会いやすいだろうからと、花見の宴をお膳立《ぜんだ》てしてくれたことがあった。

結局、安次郎の都合が悪くなり、花見に行くことが出来なかった。それは約定《やくじょう》を違《たが》えた自分がいけない。申し開きするべきことであったが、何かが自分を押し留《とど》めた。

それは、まだ叔父に会いたくないという心の表れであったろうと思うのだ。

しかし、いつまでもそっぽをむいているのも大人気ない。意地を張ったところで、誰《だれ》のためにもならないのだ。

火傷《やけど》の痕《あと》が疼《うず》く――。

火の見櫓《やぐら》の鐘がけたたましく打ち鳴らされた。

安次郎は、東の方角を見る。黒い煙が立ち上り、その煙の隙間《すきま》から赤い炎がちらちら見える。

屋敷に帰らないと。安次郎は遊びに出た先で、とっさに踵《きびす》を返した。だが、前方から逃げる人々が押し寄せてくる。荷を積んだ大八車を引いている者が人波に巻き込まれ立ち往生していた。

「車をどかせ」

「この業突《ごうつ》く張《ば》りが」

車に向けて、次々に罵声《ばせい》が飛ぶ。だが、男は引き手を離さず進もうと躍起になっている。

顔からは玉のような汗が流れ落ちる。赤子を抱いて車に乗っている女房が様子を見ながら顔を引きつらせていた。具合が悪そうに見えた。

丸太ん棒のような腕をした男が車を引く男の行手を阻《はば》んだ。

「てめえのような者がいるから、皆がうまく逃げられねえ。女房を降ろして、さっさと車を置いていけ」

大八車の男が顔を横に振り、ありったけの声で叫んだ。

「こいつは商売物なんだ。やっと表店《おもてだな》に店を開いたんだ。これが焼けちまったら、おれたちは一からやり直しだ。子が生まれたばかりなんだ、助けてくれ」

「おめえだけじゃねえ、誰もがそうなんだよ」

半鐘が鳴り続ける。人々の恐怖がさらに募る。

その恐怖は次第に強い怒りに変わってくる。

腕の太い男が怒鳴った。赤子がわっと泣き声を上げる。逃げる人々が車に近寄ってくるや、男を引き手からはがしにかかった。女房の身体《からだ》にも手が伸びる。

「きゃあ」

女房が車の上で赤子を抱きしめながら、悲痛な声を上げた。別の男が女房を引きずり降ろそうとしている。

「女房に触るな、やめろ」

「お願いです」

夫婦の声は騒然とした中を割くように響く。

「馬鹿。商売物より命を守れっていってんだよ」

安次郎は、向かいからやってくる人々を掻《か》き分けながら、車の前に出ると、その引き手を握った。夫婦を囲んでいた者たちが眼を瞠《みは》る。

腕の太い男が安次郎をぎろりと睨《にら》んだ。

「おい、お武家の小僧！　何しやがる」

安次郎は男を上目で見返した。

「困っている人に手を貸そうとしているだけだ」

そう大声でいい放った。

「なんだと小僧。お武家の倅《せがれ》でも許さねえぞ」

「そんなに立派な腕をしているなら、手伝ってやればいいだろう。おかみさんは赤子を連れているんだ。顔色だって悪いじゃないか」

安次郎の言葉に荷を引いていた男が声を震わせた。

「そうなんだ。まだ生まれて十日しか経《た》っていねえんだ。女房はちゃんと歩けねえ」

丸太ん棒の男が眼を見開いた。

「そいつを早くいわねえか。おい、集まった野次馬ども、銘々で荷を担いでやれ」

いきなり態度を変えた男に集まった者たちは面食らいながらも、荷を降ろして肩に担ぎ始めた。

「盗《と》ろうなんて、けちな真似《まね》はするんじゃねえぞ。こいつは人助けだからな」

男が指図し出した。

なんだかんだと皆心根は悪くないのだろう。大八車の夫婦の世話を焼き、逃げる人波から守るように女房と赤子だけになった車の周りにつく。

「よし、行くぞ」

男が声を張り上げた時、車を引いていた亭主のほうが安次郎に「ありがとうございます」と頭を下げた。女房も安心したのか、ぎゅっと赤子を抱きしめ、安次郎に向けて会釈をした。

安次郎は再び、屋敷に向かって走り始めようとしたが、ぐいと腕を掴《つか》まれた。

「おい、お武家の小僧さん、そっちは火が回ってくるぜ、逃げるなら西だろうが」

「屋敷に帰るんだ」

安次郎は男の腕を振り払って、駆け出した。

「待て、おい危ないぞ」

火が前より、激しくなってきた。こちらにも黒煙が流れてくる。木の焼ける臭《にお》いがあたりに漂い始める。

父上、母上――。

遊びに出るなどといわねばよかった。勝手をしなければよかった。今日は、曾祖父《そうそふ》の法要だった。顔も知らない先祖の法要。長い読経《どきょう》を聞かされて、じっとかしこまっていなければならない窮屈さが嫌で、飛び出した。父の怒鳴り声が聞こえてきたのも無視して走り出した。

父と母、兄と妹。

いますぐにでも会いたい。会って謝るのだ。

火の粉が頭上で舞う。その度に悲鳴が上がる。

突然、安次郎は咳《せ》き込んだ。肺腑《はいふ》に煙が入り込んだのか、息苦しい。

誰も彼も逃げることに懸命で、安次郎のことを顧みることはない。ただただ危険を避けるためにすれ違って行く。

咳き込んで、あっと思った時には遅かった。

背に負った荷がまだ背丈のない安次郎にあたり、そのまま転がった。人が押し寄せ、半身を起こしても、すぐ倒された。足下の子どもになぞ誰も注視しない。中には、酷《ひど》い者もいて、蹴《け》り飛ばされた。

安次郎はやっとの思いで立ち上がった。が、その時、風に煽《あお》られ、火がついた木っ端《こっぱ》が飛んできた。それが近くを走っていた若い娘を目指すように落ちた。

「いやああ」

身をよじって衣を払う娘に安次郎と他の者たちも飛びついた。懸命に火を払ったが、その火はさらに安次郎の衣まで焼いた。泣き声、怒鳴り声、混乱の中で、安次郎はもがいた。疲労と痛みが安次郎を襲う。誰かが天水桶《てんすいおけ》の水を汲《く》み、安次郎の頭からかける。

「お武家の坊ちゃん、大丈夫かえ」

「かたじけのうございます」

それだけいうのが精一杯だった。火に炙《あぶ》られるのは熱いと感じるより激痛なのだと知った。

「おい、逃げるなら逆だ。そっちは駄目だ」

それでも安次郎は走った。屋敷に戻らなければ、その一念だけだった。

黒煙が朦々《もうもう》と立ち上る。再び安次郎は咳《せき》をした。胃の腑《ふ》から何かがこみ上げてくるような激しさに襲われ、思わず立ち止まった。

それがいけなかった。別の路地から出てきた者たちが、安次郎に向かって構わず突進してきた。逃げるいとまもなかった。まだ背丈も力もない安次郎はその勢いに飲まれて、地面に転がった。後から後から、人がやってくる。

混乱の渦の中、立つことも叶《かな》わず、身体を丸めて波が過ぎ去るのを待った。が、押し寄せてきた幾人かが安次郎に足をとられて転んだ。

わっと将棋倒《しょうぎだお》しになり、安次郎はその下敷きとなって、意識を失った。

目覚めた時には、見も知らぬ男が顔を覗《のぞ》き込んでいた。

それが長五郎だった。

すぐさま長五郎は安次郎のために走り回った。そして父も母も兄も妹も死んだと聞かされた。その上、田辺家は、安次郎の叔父である俊之助が当主になっていた。さらに、俊之助は今更《いまさら》安次郎が生きていても引き取れないと、長五郎に向けていったのだ。

俊之助は次男。武家の部屋住みは、嫡男が無事に家督を継いで、子ができれば、厄介者以外の何者でもない。

妻帯もできず、屋敷の一室か離れをあてがわれ、静かに暮らしているしかない。あるいは、別家に養子に入るか、学問を修めて、学者か医者になるか。その選択はあまりにも少ない。

部屋住みという境遇にはなくても中には、絵師になってしまう者もいる。もとは武家というのであれば、英泉《えいせん》や広重がそうだ。これは画才があってこそだが。

叔父の俊之助が田辺の家を守るつもりであったのか、それとも自分の行末を思った時、安次郎一家が火事で死んだことをこれ幸いと思ったのか、訊《き》く気にはなれない。

それでも、叔父が田辺家を守ったことは確かであるし、一橋家に変わらず奉公していることを思えば、真面目《まじめ》に勤めてきたのはわかる。

だが、後継に恵まれなかったのは、誰のせいでもない。

今になって、安次郎に許しを乞《こ》いたいというのは、信太を養子に迎えたいからだろう。しかも安次郎の幼馴染みの大橋新吾郎を間に入れて、何かと接触を図ってきた。

もう叔父とはかかわらない。田辺家のことも叔父のことも、摺師《すりし》になると決めたときから、これまで思い出すことすらなかったのだ。いや、どうだろうか。まだ若い頃は、やはり、叔父を快く思っていなかった。

時々、火傷の痕が疼くのも、新吾郎との再会で、火の熱さが身体に甦《よみがえ》るような気分になったのもその証《あかし》だろう。ただ、懸命に自分の心を押し殺していたに過ぎない。

同じ摺師の仲間内や、版元に、やはり素町人とは違う、もとは武家だから、といわれれば、そうだと答える以外はないが、幼い頃から長五郎のもとにいたのだ。武家の作法だの、決まり事だの、もう遠い遥《はる》か昔の記憶でしかない。

火傷の痕は、江戸で珍しくない。それが安次郎にとっての救いだ。

誰もが火事で焼け出されている。しかし、変わり者はどこにでもいるもので、湯屋《ゆや》に行くと、

「これは、己丑《つちのとうし》の火事で、こっちは中村座《なかむらざ》で芝居見てた時の火傷よ」

と、自慢げに見せつけてくる輩《やから》がいる。洗い場で安次郎の痕を見て、どこの火事だと訊《たず》ねてこられた際には閉口した。

小さい頃の物で覚えていないというようにしている。

お初を娶《めと》ったことで変わった。大切な人がいることがこんなにも心を穏やかにし、強くするとは思わなかった。笑うことが多くなったとお初にいわれた。それまでは、いつも仏頂面をしていたのだろう。

塩辛い味噌汁《みそしる》。味の薄い煮物。お初はいつも申し訳なさそうな顔をしたが、安次郎は黙って食べた。そうしてふたりで笑った。

けれど、信太を産み落として、お初は死んだ。

命を懸けて産んだ信太を、叔父が望んでいる。田辺家を存続させるためだ。それが、安次郎への贖罪《しょくざい》だとしたら、馬鹿馬鹿しい。

武家の暮らしなど、田辺の家などとうに未練はないのだ。

「てめえは、この世にいないことにされたんだぞ。生きているおめえを死人にしたことだ」

長五郎の言葉が、浮かんできた。長五郎は俊之助と直《じか》に対面しているだけに、その物言いの冷たさ、態度がよほど気に食わなかったのだろう。

安次郎は、ふと口許を緩めた。

おれは、叔父にとっちゃ、生きてちゃいけねえ人間だったのだな――。

けれど、おれはこうして生きている。

だからこそ、もう折り合いをつける頃なのだ。許すとか許さないじゃない。おれは叔父と向き合わなければいけない。それで、縁が切れようと、繋《つな》がろうと、おれが得心しなければならないのだ。

だが、信太をどうする。叔父に会わせるべきか。まだ信太を舅姑《きゆうこ》のところに預けていた頃、叔父は幾度か訪ねて来ていた。舅姑は叔父の素性を知らされていたが、信太はそのことを伝えられてはいない。

自分の身内であることがわかれば、信太はどう思うのだろうか。

いや、信太と対面するのは後でいい。これは、おれと叔父が解決すべきことだ。信太にはかかわりがない。いくら叔父が田辺の養子にしたいといっても、それは別の話だ。

安次郎は、紙に水を刷《は》きつつ考えを巡らしていたが、とき棒を手にした途端、余計な思いを頭からすべて追いやった。

桜樹の花のぼかしだ。

淡い桃色を板木に置き、紙を見当に合わせると、安次郎は馬連《ばれん》を当てた。

「相変わらず、兄ぃのぼかしはすげえなぁ」

直助が手を止めて、眼を皿のようにしていた。

「水と絵の具だよ」

「いや、それだけじゃねえでしょ。色の塩梅《あんばい》だって、完璧《かんぺき》じゃねえですか。おれもなぁ、空の一文字ぼかしは手慣れたもんだが、花となると、ふんわりしたぼかしにしなけりゃならねえでしょ」

下手くそな奴だと、真《ま》っ直《す》ぐにぶった切ったような、ぼかしでもなんでもねえものにしちまうから、と直助は、ひとりで頷《うなず》き感心している。

「おれがもう幾年、摺りをやってると思っているんだよ」

安次郎が呆《あき》れていうと、

「違いますよ。やはり、持って生まれた器用さと腕。それから、きれいなもんをきれいに仕上げようとする心意気だ」

直助はまるで自分のことのようにうそぶいた。

器用さと腕はわかるが、心意気だけでは摺りはできない、と安次郎は苦笑いした。

「ねえ、兄ぃ、今年のうろこ屋の初鰹の値はどれくらいになるんでしょうかね」

「わからないな。いくらになろうが、長屋暮らしのおれたちには、手が出せねえくらいの値だろうよ」

直助は、そうかなぁ、と腕を組んだ。

「みんなで銭を少しずつ出し合えば、買えるんじゃねえですかね」

「ふざけるな、直」

「夢みたいなこと、いっているんじゃねえ」

と、他の職人からやいのやいのといわれた直助は、

「ここは親方にぽんと一両くらい出してもらいやしょう。足りない分は皆で出し合って。皆、毎日、一所懸命働いているんですから、たまには親方だって、おれたちを労《ねぎら》いたいと思うし」

そういって拳《こぶし》を振り上げた。

が、誰もそれには乗って来ないどころかしんと静まり返った。

「あれ？　どうしたんです。なんだか調子が狂っちまうな」

「直、やめとけ」

安次郎が身を寄せて小声でいった。

え？　なんで？　と直助が拳を下げた瞬間、頭上に拳固《げんこ》が落ちた。

「痛ってえええ」

振り向くと、長五郎が立っていた。手には植木ばさみを持っている。

「庭から来るなんて、卑怯《ひきょう》ですよ」

「卑怯もクソもあるもんかい。誰が、毎日一所懸命働いているって？　それはおめえ以外の職人だ。もしおれが初鰹を購《あがな》ったとしても、おめえには食わせねえからな。おめえを労うつもりは毛頭ねえ」

長五郎は、いつものように雷を落とすと、どすどすと摺り場を歩いて、いつもの長火鉢の前に腰を下ろした。

「おちか、植木ばさみをしまってくれ」

はーい、と奥から声がして、おちかが摺り場に顔を出した。

情けない直助の顔を見て、くすっと笑うと、長五郎から植木ばさみを受け取り、すぐに立ち去っていった。

「ああ、おちかさん」

でも、笑顔が見られたから、いいや、と直助は背筋を伸ばした。

まったく、どこまでも能天気な奴だと安次郎は苦笑を洩《も》らしつつも、それがこの男の一番の長所だと思った。

初鰹か。

幾年も口にしていないな、と心の中で呟《つぶや》いた。

その夜、家に戻ると、おたきが夕餉《ゆうげ》を用意してくれていた。ちょうど支度を終えたところだったのだろう、三和土《たたき》で頭に巻いた手拭《てぬぐ》いをとっているところだった。

「煮物と漬物だけで悪いけど」

「十分です、いつもありがとうございます」

「やめとくれよ。信坊も手伝ってくれたんだよ。おこうこを切ったんだから、ね」

信太は強く首を縦に振った。

「ほんに子どもってのはたいしたもんだよ、右手が悪ければ、左手でなんとかしちまうんだから」

そういってから、おたきは慌てて、口許を手で覆った。

「ごめんよ、そんなつもりじゃ」

「いいよ、おばちゃん。おいら、気にしてないから」

おたきが、ぐすりと洟《はな》をすすり、なにを思ったか、いきなり、安次郎の腕を取った。そのまま腕を引かれて表に連れ出された。

「安さん、駄目だよぉ。あんなに我慢されたら、こっちが困っちまうよ。余計なことをいいやがって、くそばばあとかいってくれりゃいいのに」

安次郎は笑った。

「信太はそういう奴じゃありませんよ。ですが、ちゃんといっておきますよ。これからは、このくそばばあといってもいいと」

「ああ、そうだよ。子どもはそうでなきゃ。じゃあね」

安次郎が家に入り直し、

「さ、飯にしようか。腹が減った」

そういうと、信太が、袂《たもと》を探り、文《ふみ》を差し出してきた。

「なんだ、これは？」

「知らないおじちゃんが届けに来たんだよ。返事はって聞いたら、いらないっていうんだ。おかしいよね」

「どんなおじさんだった？」

「お武家の中間《ちゅうげん》かな」

「中は確かめたのか？」

ううん、と信太が首を横に振った。

「見てもわかんないよ」

そうか、と安次郎は文を開いた。果たして、それは叔父の俊之助からだった。

新吾郎から、安次郎が会うといったことを伝言されたのだろう。その礼と上野の桜が咲いたら、日時は追って報《しら》せると綴《つづ》られていた。

これを叔父はどんな思いで書いたのか。

安次郎は、懐《ふところ》にしまい入れた。

「それとね、おまんじゅうもくれたよ。お腹《なか》が空《す》いてひとつ食べちゃったけど。いけなかった？」

安次郎は、笑みを浮かべて、手を伸ばし、信太の頭を撫《な》でた。

「飯を食ったら、おたきさんにお裾分《すそわ》けに行こうか」

うん、と信太は嬉《うれ》しそうな顔をした。

「くそばばあ、美味いぞって？」

聞こえていたのか、と安次郎は大笑いした。

二

翌朝、直助が「ててて、大《て》ぇ変《へん》だ」と、摺り場に転がり込んで来た。

また、直助の大ぇ変だ、だぞ、と束ねの職人がため息を吐《つ》く。

「何があった？」

安次郎は、昨日の錦絵の続きを摺るために準備を進めていた。

「それ、それ、その錦絵のうろこ屋ですよ」

安次郎が顔を上げた。

直助はごくりと生唾《なまつば》を飲み込み、息を整えてから、いった。

「初鰹を一分で売り出すって」

摺り場の中が、一瞬、静まり返った。が、すぐに職人たちが話し始めた。

「一分ってことは、昨日の直がいった通りに銭を出し合えば食えるってことだ」

「いったい、何があったんだ。うろこ屋、おかしくなったのか」

「ともかく、初鰹が食えるんだぜ」

「信じられねえ、女房も呼んでいいですかい？」

「うちの古女房もだ」

「女房は質に入れてくるんじゃねえのか？」

互いに唾を飛ばし、摺り場はいつにない騒ぎとなった。

「いやあ、なんだかんだいっても、みんな初鰹が食いたいんだなぁ。兄ぃもそうでしょ」

「食えるならな」

あっさりした安次郎の物言いに直助は不満そうだ。どかりと、安次郎の前に座り込むと、

「信太にも食わせてやりてえ」

と、いった。

「お前な、初鰹といっても、河岸に上がってねえじゃねえか。まだ先のことだろう」

ええ、と直助は大きく首肯した。

「おれだって、ンなことは知っていますよ。だから、くじ引きなんですよ。それも十本だけ」

途端に落胆の声が摺り場に広がった。

聞けば、うろこ屋は、多くの人に初鰹を食べさせたいと思い、頭を捻《ひね》ったらしく、恨みっこなしのくじ引きに決めたという。くじの値は一枚、十文。

「毎年、金持ちしか食えねえのは、よくねえってね。くじ引きで十尾とはいえ、一分の値は思い切ったもんですよ。いやあ、太っ腹だなぁ」

幾人くじを求めるかはわからないが、十文を百人が買えば、千文。

もちろん、一本五両の値がついてもおかしくない初鰹だ。くじが売れても、当然うろこ屋は損をする。それを承知で、こうした趣向をやろうというのだ、店の評判は上がる。

初鰹は祭りのようなものだ。その一時だけの儲《もう》けを求めるより、長い目で見れば、うろこ屋は安泰かもしれない。

くじ引きでも当たれば初鰹が一分で手に入るなら、摺長で買おうぜ、と束ねがいったのに、職人たちが色めきたった。

「今日の直助の大ぇ変は、いい大ぇ変だったぜ」

束ねも楽しそうに笑った。

「それなら、おれも混ぜろ」

と、長五郎もやって来た。

じゃ、早速くじを買ってきます、と長五郎に向けて直助が手を出した。


一枚十文のくじが当たれば、初鰹が一分で買える。

一分は一両の四分の一だ。それとても庶民が容易《たやす》く払える銭ではない。賃金が比較的いい大工でも一日五百文。汗水垂らして働いた三日、四日分が鰹一本で消えてなくなる。そばなら約百杯にもなる。

もちろん、はしりの時期を過ぎれば、二両、三両だった鰹の値は次第に下がって、一分くらいにはなるが、江戸っ子にとっては、初物であることが肝心要《かんじんかなめ》なのだ。と、すれば一分は破格の安さであるのだ。

「いやもう、すごいのなんのって驚きましたよ」

直助が椿油《つばきあぶら》を布に染み込ませながら、うんざりした顔をした。

摺長の皆でくじを買い、誰かが当たったら、銭を出し合い鰹を買うと話がまとまって、直助が早速うろこ屋へ赴いたのだが、

「黒山の人だかりでね。どこから集まって来やがったんだろうってくらい、日本橋の真ん中ぐら

いまで列が出来てました」

案の定、江戸っ子たちは、我先にとくじを求めて、魚屋のうろこ屋へ押しかけたらしい。

さすがに安次郎も刷毛《はけ》の手を止めた。ここまでいけば江戸っ子の初物買いにも頭が下がる。

「そんなにか？」

「うろこ屋の若い衆に聞いたところによると、用意されたくじは千枚。けど、あの分だと、三日もしないうちに売り切れちまうでしょうねぇ」

うひゃあ、と誰かが頓狂な声を上げた。

「うちで買ったのは、十枚だろう？　こりゃあ、無理だな」

摺り場の束ねが落胆したように息を吐く。

「千枚のうち当たりは十本だからなぁ、運がよけりゃでしょ」

直助までもため息を吐いた。

「世の中、うまい話はそうそう転がってねえってことだ。ほれほれ、しけた面してねえで、とっとと仕事をするこったな。真面目に仕事をこなしゃ、そのうち鰹も食えるってもんよ」

長火鉢を前に座っている長五郎が煙管《キセル》の煙を燻《くゆ》らせながらいった。

「ちぇ、冗談じゃねえや。飲まず食わずで給金貯《た》めても、幾年かかるか、だ」

直助がひとりごちるや、

「いま、妙な独り言が聞こえてきたんだがな」

長五郎の濁声《だみごえ》が飛んだ。

「親方、空耳ですよ」

安次郎がすかさずいって、隣の摺り台に座る直助を睨《ね》めつけた。

「ふうん、そうかい。空耳が聞こえるようじゃ、おれも歳《とし》取ったな」

やれやれ、と直助を見つつ、長五郎が腰を上げた。

くじは神棚に上げてある。

「ともかく、まだ初鰹には間があらぁ。そん時まで、楽しみに待つとしようか」

「当たるといいですねえ、親方」

「そうだなぁ、給金が少なくて悪かったなぁ」

ひっ、と直助が短い悲鳴を上げて肩をすぼめる。長五郎は、神棚を見上げると、柏手《かしわで》を二度打った。


直助の予想通り、うろこ屋が売り出したくじは三日ではけた。くじ引きが行われるまでひと月半以上もある。

くじを買った者たちはその間、期待に胸を膨らませて待っているのだろう。

だが、おれは鰹の前に桜だ。叔父の田辺俊之助と会わねばならない。

安次郎は薄暗い湯殿の天井を見上げた。と、

「ねえ、父ちゃん、初鰹って鰹と違うのかい？」

湯に浸《つ》かっている信太が訊ねてきた。

え？　と安次郎は信太に顔を向けた。といっても、はっきり見えているわけではない。湯屋の湯殿は、洗い場と仕切られており、出入り口は身体を屈《かが》めて潜《くぐ》る柘榴口《ざくろぐち》だけなので、全体が暗い。

そこに湯気も上がっているので、客の姿はあまり判然としないのだ。

「おたきばあちゃんの処《ところ》に、昼間、植木屋さんが来たんだよ」

ほう、太一《たいち》か。ちゃんと仕事は続いているようだ、と安次郎は頬《ほお》を緩める。太一はおたきの孫だ。以前は仕事が長続きせず、自堕落な暮らしをしていたが、植木屋だけは続いているようだ。たまにおたきの顔を見に来ているのはお互いにいいことだ。

「その植木屋はおたきさんの孫で太一さんというんだ。初めて会ったのか？」

うん、と信太が応えた。

「そうか」

「それでね、その太一さんがね、今年こそ初鰹を食べさせるよって。そうしたら、おたきばあちゃん、いつもの鰹でいいよっていったんだよ」

あはは、と安次郎は笑った。周りにいた客がその笑い声に驚いたのか、湯が揺れた。

「こいつはどうも」と、安次郎は慌てて詫《わ》びる。

「おい、ぼうず」

と、しゃがれ声が飛んできた。信太の前にいた者がいきなり身をひねり、波が立つ。

「鰹ってのはな、広い広い海を泳いでいるんだ。それで毎年夏の初めになると南の方から近い海までやってくる。今年初めて獲《と》れる鰹だから初鰹っていうのさ。でな、鰹たちはそれから北の方へ行っちまうんだが、またこっちに戻ってくる。それを戻り鰹っていうんだ。初鰹も戻り鰹も呼び方だけだ。みんな同じ鰹だよ」

「へえ、そうなのか」

信太が感心したようにいった。

「そうなのか、じゃねえだろう。教えていただいたんだぞ」

安次郎がたしなめると、

「おじちゃん、ありがとうございます」

信太はすぐに礼をいった。

「ははは、いいってことよ。おめえはいくつだえ？」

「年が明けたから、七つ、です」

「そうかい、そうかい。名は？」

「信太」

へえ、と男が感嘆した。

「おれの倅は信太郎《しんたろう》ってんだ。こりゃあ、ここであったのも何かの縁かもなぁ。おれの倅もこんぐれえの頃は可愛《かわい》かったがなぁ。おれの後にくっついて回ってよぉ」

「お子さんは、おいくつですか？」

安次郎は訊ねた。すると、男は笑って、四十間近だよ、とっくに子どもじゃねえよ、といった。

「十二の娘と十の倅がいるよ」

つまり孫か。還暦間近にしては、声に張りがある。

「なあ、お父《と》っつぁんよ、いくらでも可愛がってやんな。こうやって暮らせるのもあっという間だぜ」

ざばりと大きな音とともに、湯の波が立った。

「はい。かたじけのうございます」

「おい、信坊、十まで数えて出るんだぜ」

うん、と応えると信太は早速、いぃち、にぃい、さぁん、しぃい、と指を折り始めた。

「素直なぼうずだ。じゃあな」

湯を分ける音がして、大きな身体が柘榴口から出ていくのが見えた。

湯殿から出たが、洗い場にはすでにそれらしい男の姿はなかった。

洗い場で数人の者がこそこそ話をしていた。身体の大きな爺《じい》さんが、奉公人のような者に耳打ちされ、慌てて出ていったとかなんとか――。

それが、湯殿で話しかけてきた男かどうかはわからない。別段、かかわりもないことだと安次郎は信太に背を向けた。

信太はいつも背中を流してくれる。

「父ちゃんの背にある火傷の痕って、今も痛いのかい？」

信太がぬか袋を使いながら、訊いてきた。

「もう痛くはないさ。ずっとずっと前の火傷だからな」

「でも、火傷をした時は熱かった？」

そうだなぁ、と安次郎は考えた。ほとんど、気を失いかけていたために炙られた熱さは感じていなかったような気がする。

長五郎に助けられ、寝覚めてからのほうが痛んだ。ひりひり、ちりちり熱を持った痛みだ。膏《こう》薬《やく》を塗る際も、歯を食い縛って耐えた。幾日経ってからだろう、安次郎はもう田辺に戻れないのを知った。帰る家がない。火傷よりも心が痛んだ。

「父ちゃん、おいらの背も流しておくれよ」

ああ、と安次郎は微笑《ほほえ》んで、信太を前に座らせた。まだ細くきゃしゃな身体をごしごし擦《こす》ると、痛いよ、くすぐったいよ、と信太が喚《わめ》いた。

「痛いのか、くすぐったいのか、どっちだよ」

安次郎は信太の腕を上げて、腋《わき》を擦る。

きゃははは、と信太が身を捩《よじ》って笑い声を上げる。

いくらでも可愛がってやんな、と男の言葉が甦る。

そうだな。お初が命を懸けて遺《のこ》してくれた子だ。

おれの身内は──信太ひとり──だ。


湯屋を出て、安次郎は信太を連れ、お利久の店に向かった。

「おいでなさいまし。あら、信太ちゃん」

「おばちゃん、こんばんは」

信太がお利久に駆け寄った。店はいつもの顔ぶれが並んでいる。大方が独り者の若い男だったが、小上がりで、こちらに首を回している奴がいた。直助だ。

「なんだ、来てたのか」

「来てたのかじゃねえですよ。兄ぃの店じゃねえでしょうが」

「ま、そりゃ、そうだがな」

安次郎は小上がりに上がりながら、お利久さんの邪魔するんじゃねえぞ、と板場でうろうろしている信太に声をかけた。

直助の前に腰を下ろすと、なにやらその表情が暗い。

「どうした？　何かあったのか」

いや、たいしたことはねえですけど、と歯切れの悪い物言いをした。

「また、親方に絞られたか？　それともおちかちゃんに愛想でも尽かされたか？」

からかうようにいうと、

「そんなんじゃやねえですよ」

直助が唇を尖《とが》らせた。

「摺り場じゃありませんよ。あっちのほうです」

ああ、と安次郎は頷いた。直助は、岡《おか》っ引《ぴ》きの仙吉のもとで手下のような真似をしている。そのために、摺り場に来るのが遅れることが多いのだ。長五郎には仕事がきっちり出来ねえ奴がそんな余計なことをするなと口を酸っぱくしていわれているが、直助は止《や》める気がない。

岡っ引きの中には、御番所の役人から鑑札をもらっているという立場を利用し、人の弱みにつけ込んで金を無心するような悪辣《あくらつ》な者もいるが、仙吉は一切そういうことをしない。そうした仙吉に惚《ほ》れ込んで、直助は手下として動いている。とはいえ、何か事件にかかわるというより、町の風聞を拾い集め、仙吉に知らせるという役目だ。

出来れば、火種が小さな内に収まるのがいいと、直助は思っているという。それが大きな火となって燃え上がる前に、なんとかしたいといっていたことがある。

「だって、事が起きたあとじゃ、悲しむ人も増えるし、辛い人も増えるでしょ。おれ、そういうの嫌いだし」

という。

「お待ちどおさま。焼き魚と煮浸《にびた》しでいいわよね。信太ちゃんは、あたしの側《そば》で食べさせるから、ふたりでごゆっくりどうぞ。お酒もね」

お利久が、安次郎の前に膳を置く。小松菜と油揚げの煮浸し。小松菜の緑が艶《つや》やかで思わず腹が鳴る。

はあ、と直助が息を吐く。

「話してえなら、話せよ。口許がむずむずしてるぜ」

安次郎が水を向けると、直助は、わかります？　と訊ねてくる。

「おめえの面見りゃ、わかる。大ぇ変だ、じゃねえのか」

直助がいきなり照れた。

「さすがは、おまんまの兄ぃだなぁ。やっぱりおれのことよく見てくれてるんだ。嬉しいなぁ」

「薄気味悪いこというな」

安次郎はぴしゃりといった。

直助はそれでもめげた様子も見せず、あたりを見回してから、顔を近づけてきた。

「じつは、がっかりしちまったんですよ。うろこ屋に」

「初鰹のくじで不正でもあったのか？」

「まだ先のことですよ。くじはいいんです。お民さんですよ、お内儀さんの」

お民。先日、摺った錦絵か。たしか、踊りの師匠と直助がいっていた。その弟子を連れて花見をしている画だった。

「じつは、そのお民さんが、うろこ屋を追い出されたんです」

不義で、と小声でいった直助が顔を曇らせた。

嫌な話を聞いちまった、と安次郎は唇を曲げた。それなら、あの錦絵はどうなるのだ。すでに絵《え》双紙《ぞうし》屋の店頭に吊るされているのではないか。

直助があれを見てすぐに気づいたのだ。見る者が見れば、うろこ屋の内儀だということはすぐに広まる。今のうろこ屋は、初鰹が一分で買えるというくじを売り出して、江戸中の評判になっているのだ。

そんなときに、その内儀が追い出されたとなれば、さて、どんな噂《うわさ》が立つやら。それが不義によるものだと知れれば、もっと騒ぎになるだろう。

錦絵は、うろこ屋をさらに後押しするために出された物であるのだろうが、それにしてもそうした時に、こんな騒動を起こしてはすべてが水の泡だ。

「相手は稽古に来ていた娘の親戚《しんせき》で、お武家らしいんですよ。うろこ屋の主人にしても、間夫《まぶ》が武家じゃ滅多なことは出来ねえでしょ」

これが町人同士なら、重ね斬《ぎ》りされたって文句はいえねえんですけど、と直助は首を横に振った。そうはいっても、真のところ、不義を犯した者たちの身体を重ねて、ばっさり斬り下げることをした男がいたかどうかは怪しいものだ。たいていは、間男が七両二分を支払って片がつく。

「で、直、お前は主人にがっかりしたのか？　それとも内儀か？　どっちだよ」

安次郎が質《ただ》すと、急に直助が声を張った。

「主人のほうですよ。だってね、不義の証なんかねえって話なんですよ。ただの噂。それを頭っから決めつけて、追い出したってんですから」

店の中の客の眼が一斉に向けられた。

直助は慌てて、不義理ですよ不義理、嫌だなぁ、と手をばたばたさせて懸命にごまかした。

「そいつはわからねえだろうよ。内儀がほんとをいうとは限らねえ」

「ほらきた、兄ぃはすぐそれだ。そういうところが冷たいんですよ。だって相手はお武家ですよ。本当はどうなんだって乗り込むわけにはいかねえし、訊いたところで空っとぼけられたらもう後がねえ」

「なら、なかったことにすればいいじゃねえか。それで丸く収まるならな」

「そうはいかねえのが世の中なんですよ。うろこ屋の主人の耳にこの話を入れたのは同業の魚政《うおまさ》の主人。これが、うろこ屋とは幼馴染みときてる。もう日本橋河岸中に広まってるっていわれたら、うろこ屋としては、けじめをつけるしかねえ」

恥ってことか、と安次郎は呟いた。

「にしても、おれはね、初鰹を一分で売るって聞いたとき、なんて豪気な人かと思ったわけですよ。皆が喜んでくれたらいいって。気持ちがいいじゃねえですか。そんなお人が、証もねえ不義の噂に振り回されるなんて、肝《きも》っ玉《たま》が小せえと思っちまったわけで」

「なるほどな」

「度量がでかいのと威勢がいいのが魚屋でしょ」

直助はふんと鼻から息を抜く。

お前なぁ、と安次郎は呆れながら、煮浸しを口に放《ほう》り込む。薄甘い出汁《だし》と小松菜のシャキシャキとした歯触りがたまらない。お利久の料理はなにを食っても美味い。

「けどよ、踊りの師匠なんだろう？　暮らしは派手だったんじゃねえのか？」

直助が、ああ、と肩を落とした。

「ほら、踊りってもちろん型も大事だけど、指先でいろんなことを表すんだそうです。なのでお民は、指が荒れるのを嫌って、店には出ていなかったそうです。出稽古で、外出も多かったと」

安次郎は黙って酒を呑《の》んだ。女房がそういう暮らしをしていたら、疑念を持つのも仕方がないかもしれない。一度、そういう思いにとらわれると、どんどん疑いだけが深まっていく。これまでの出稽古も怪しいと思ってしまう。

「主人の信太郎とお民の間には、子がふたりいるんですよ。母親がなぜ追い出されたのかを知ったら、かわいそうでならねえ」

「主《あるじ》は、信太郎っていうのか」

安次郎がいうと、直助が眼を見開いた。

「知っているんですか？」

「いや、さっき、湯屋で会った年寄りってほどでもねえが、その人の倅が信太郎だと聞いてな。そういえば、信太に鰹の話をしてくれたよ」

直助はますます眼を開く。

「身体のでかい人でしょ？　だとしたら、うろこ屋の隠居ですよ。確か善兵衛《ぜんべえ》だ」

「そういわれても、名を確かめたわけじゃねえしな」

安次郎は苦笑した。もしあれが善兵衛だとしたら、湯屋に飛んで来た奉公人にお民が追い出されたと聞かされて、慌てて帰ったのだろうか。

そう考えて、安次郎は息を吐いた。おれが考えることじゃねえと心の内で笑った。

「もうほんと嫌ですね。別に御番所が入ることでもねえし、親分が出張ることもねえですけど、こういうごたごたは、みんなが嫌な思いをする」

「そうだな。ほんとのところはわからねえにしても、世間体や体裁を取り繕って、いい思いをすることはねえ」

誰かが、そこでしなくていい我慢をすることになるのだ。本心も告げられず口を塞《ふさ》いで。

それは、お民も信太郎も同じだ。

不義っていうのは、と直助が声を落とした。

「相手がいて成り立つものですから、やはりお武家を問い質すべきですよ、亭主の信太郎が。まあ、無理だと思うけど。なにせ相手は一橋家の家臣で、うろこ屋は一橋家にお出入りを許されている御用達《ごようたし》ですから。下手《へた》に喧嘩《けんか》売ったら、うろこ屋もただじゃ済まない。それも苛《いら》ついたのかもしれませんねぇ——あっ！」

と、直助が頓狂な声を出して、尻《しり》を浮かせた。

「ひ、ひ、ひ、一橋じゃないですか。そうだ、一橋ですよ。兄ぃ、ほら幼馴染みの大橋さまがいらっしゃるじゃねえですか」

「待てよ。新吾郎に探らせようというのか？　よしてくれ。それに残念だが、新吾郎はもうお役替えになったはずだぞ」

えっえーっ、と直助が叫んだ。

「お前が友恵さんから聞いたのを教えてくれたんじゃないか」

安次郎が呆れると、直助はそうでした、とがくりと首を落とした。

が、ふとなにを思ったのか、

「もうおひとり、いますよね？　兄ぃの」

安次郎は、直助を睨めつける。

「ですよねぇ、叔父さんに頼むなんてこと無理に決まっています。兄ぃ、すまねえ」

と、頭を下げた。

「まあ、いいさ」

それにしても毒にも薬にもならない話だ。

「けどなぁ、直。これはただのお節介じゃないのか？　誰かが、騙《だま》されたわけじゃない。それこそ命を取られた事件じゃない。夫婦のいざこざに首を突っ込んでも、余計なお世話だろうよ」

「そうなんですけどね。でもただの噂で追い出されたら、内儀が可哀想《かわいそう》じゃねえですか。それに不義の相手がお武家でしょ。知らぬ存ぜぬ通しているのもいけすかねえ。だから、おれは」

直助がむすっと唇を歪《ゆが》めた。


暖かさが増して、春が深くなった。鶯の初音でひと騒ぎした江戸に、ちらほらと桜の便りが届く頃になった。

うろこ屋は、何事もなかったように変わらず繁盛していると、直助がいっていた。お民はどこへ行ったのか行方《ゆくえ》知れずだという。

「でも、なにができるはずもねえし、悔しいけど。主人の信太郎さんも元気にやってるし、こいつばかりはしょうがねえですね」

と、摺り台に向かいながらぼやいた。

その夜、夜具を敷いていると、新吾郎がいきなり訪ねて来た。

「すまんな」

のっそり入ってきた新吾郎は顔を強張《こわば》らせ、「頼みがあって来た」と頭を下げた。

三

なにやら、深刻なその表情を読み取った安次郎は、信太をおたきの家にやった。

新吾郎は居心地が悪そうに、顔を曇らせていた。

「で、一橋は出たのか？」

「ああ」

と、心ここにあらずという返答だ。

「すまんな」

再度繰り返す。

「何が、すまんのだ。遠慮せず、さっさといえばいい。こっちはもう休むだけだったんだぞ」

うむ、と新吾郎は頷くと、

「田辺さまを救ってやってはくれまいか」

そう切り出した。

安次郎が愕然《がくぜん》とした。

「どういうことだ？」

「じつはな、一橋家の勘定方《かんじょうかた》に山田《やまだ》吉左衛門《きちざえもん》という男がおるのだが」

その屋敷に、お民という女が押しかけて来たというのだ。

「待て、新吾郎。そのお民というのは、うろこ屋の内儀か？」

「知っているなら、話は早い。山田は、田辺さまの組下。町場の女を隠し入れていると、噂が立っている。むろん組屋敷ではない」

なるほど、さすがに山田という者も厚顔無恥ではなさそうだ。

「山田がこっそり持っていた借家に住まわせている」

新吾郎はさも不愉快とばかりに太い眉《まゆ》をひそめた。

「あのな、お民とその山田某《なにがし》が不義を働いているからといって、なにゆえ、叔父を救わねばならんのだ？　叔父にはなんの落ち度もないではないか」

「その通りだ」

新吾郎はきっぱりといった。が、急に眼をしばたたき、安次郎を見つめた。

「不義、とはなんだ？」

「不義、ではないのか？」

安次郎は思わず訊き返した。

「山田吉左衛門は、商家の三男坊で、山田家に養子入りした者だ。お民という者の弟だ」

なんと。では、うろこ屋の信太郎の思い過ごしどころか、ただの誤解だったというのか。なにゆえお民はそのことをいわなかったのか。

「わかった。それで、なぜ叔父が」

「初鰹だよ」

新吾郎がようやく表情を緩めた。

聞けば、山田吉左衛門は、毎年、初鰹購入のために一本二両と帳簿に記していた。それがいけなかった。

お民が間に入って、そのじつ一本一両二分で購っていたという。しかし、山田はそれを二両と記していたのだ。お民も知らないことだった。

「つまり、鰹一本につき二分が山田の懐に入っていたというのか？」

新吾郎は強く頷いた。

「毎年、五本買い入れているゆえ、二両二分。それに田辺さまが気づいてしまわれたのだ」

「それを幾年も続けていたというのか？」

「そうだ。山田が勘定方に取り立てられてから、五年になる」

本人に問い質したところ、一年目はそのような真似はしていないといったらしい。だが、あとの四年はしっかり不正を働いていたと、自ら告白したことになる。

「女と酒に使ったという話だ。二両二分などあっという間に消えただろうよ」

新吾郎は吐き捨てた。

「そんな奴は、それこそきちんと罪を償わせればいいではないか。殿様を謀《たばか》ったのだ。叔父の罪ではない」

「田辺さまは、見抜けなかったといっている」

責めを受けることになるやもしれん、と新吾郎がいった。

「それに、田辺さまは己には跡を継ぐ者もない、守る者もいないとおっしゃってな」

馬鹿ではないか。

「おれにはどうにも出来ん。その山田某を助ける義理もない」

安次郎は冷たくいった。

「おれとて、山田のような大馬鹿者を救う気はさらさらない。しかし、田辺さまは違う。山田に猛省を促し、自らのしくじりだと、上申しようとしている」

説得してくれ、と新吾郎がいった。

「おれが？　叔父を？」

安次郎は唇を嚙《か》んだ。

安次郎の父は、やはり金を横領したと同僚から追い詰められ、証を立てることも叶わず、お役を失った。しかし、それが間違いだったと後に判明したが、亡くなってからのことだった。一橋家では、その償いもあったのだろう、叔父の俊之助は田辺家を継いでから、すぐに勘定方に勤めることになった。

それを知っているはずの叔父がなぜ、自分が罪をかぶるといっているのか。己の兄に対する贖罪のつもりなら、つまらねえ。

「勝手にすればいいさ。田辺とおれはもう他人も同然だ。家が失《な》くなろうとおれのせいではない。後継がいないからだと？　そんなことで同情でも引くつもりか？　山田に恩を売るつもりか？　新吾郎、いい加減にしてくれ。それに、お前はもう西の丸勤めだろうが」

帰ってくれ、と安次郎は新吾郎を見据えた。

新吾郎が、脇に置いた大刀を握った。

「今の田辺さまは、甥《おい》のお前に会えるということだけを楽しみにしておられる」

甥——。

なあ、安次郎、と新吾郎が静かに話し出した。

お利久の店で、安次郎は直助とともに酒を呑んでいた。信太はおたきの家に預けた。今夜はおたきのところで寝ることになっている。

「久しぶりだなぁ、遅くまで兄ぃと呑むってのは。あ、信太が邪魔だってことじゃねえですよ。こうしてふたりだけってのが久しぶりってことで」

安次郎は薄く笑って、直助の猪口《ちょこ》に酒を注《つ》いだ。

「いただきやす」

直助が唇を尖らせて、猪口を迎えにいく。

「うろこ屋さんもよかったですね。お民さんも無事戻されて」

「そうだな。お前に探ってもらってよかったよ」

安次郎はせりのお浸しを口に運んだ。苦味が春を感じさせる。

「まったく、不義の噂を撒《ま》いたのは幼馴染みだったなんて、酷い話だ。うろこ屋が心配だったなんて言い訳してたけど、その実、くじで評判になったうろこ屋に客を取られた腹いせだったなんて、つまんねえことしやがる。けど、兄ぃがうろこ屋さんに乗り込むなんて、思いも寄らなかったですよ。最初はかかわりねえって顔してたのに。どういう風の吹き回しで?」

たいした訳なんざねえよ、と安次郎はいった。

「妙にてめえを達観して諦《あきら》めている奴が我慢ならなかっただけだ」

え？　と直助が聞き返してきた。

「ああ、なんでもねえよ。まあ、お前が不義じゃねえという証をきっちり持ってきたからな」

で、と直助が身を乗り出して眼をぐりぐりさせた。

「あの錦絵を持っていったんでしょ？」

ああ、そうだ、と安次郎は応え、昨日のことを思い返した。

うろこ屋の信太郎は、錦絵を見て、顔を歪めた。

「こんなものは見たくもない」

と、破り捨てようとした手を安次郎は止めた。

「なにをなさるんです。不義を犯した女が間夫のところに逃げたなんて、そんなみっともねえ話を信じていなさるのか？」

「当たり前だ。まことに不義ならな」

信太郎が鼻の頭に皺《しわ》を寄せ、吐き捨てた。安次郎は信太郎を見据えて怒鳴った。

「あんたは、幼馴染みの話を頭から信じていたようだが、そいつは嘘っぱちだ。あんたの店が評判になったことに妬心《としん》を抱いていたそうだよ」

まさか、そんな、と信太郎の顔色が変わった。

「内儀の弟が、武家になっていたのも知らなかったんだな」

信太郎は、毒気を抜かれたように、首を縦に振る。

「なあ、うろこ屋さん、おれたち摺師は、いつかは塵《ちり》に変わっちまう画《え》でも、懸命に摺る。それがおれたちの生業《なりわい》だからだ。この世になくても一向に構わねえのが錦絵だ。けど、おれたちは懸命に摺る。少しでも、絵師の思いを伝えたい、人々に喜んでもらいたいと思っているからだ」

それに比べて、魚は暮らしに必要な物だ。生きるための食い物だものな、羨《うらや》ましいと安次郎は信太郎を見つめながら話を続けた。

「その錦絵をよく見てくれ。桜と空、そして女たち。一番前にいるのがお民さんだろう？　版元から聞いたよ。これは、お民さんを初めて見たときの姿だったそうだな。おれはてっきり、店の引き札だと思っていたんだが」

信太郎がほろ苦い顔をした。

「本当はもっと若い頃の姿にして欲しかったんですがね」

「この錦絵は十四色。版木の間違いは許されねえ。色の間違いも許されねえ。見当に置く紙がずれれば、版ずれを起こして、売り物にはならねえんですよ」

でもね、と安次郎は言葉を継ぐ。

「いいじゃねえですか。人なんざ幾度、間違いを犯しても、勘違いをしても。ただ、お内儀の馬鹿な弟のためにてめえを無くそうとしている者がいる。もうやり直しはきかねえと思っている。いい歳してるから、もう諦めちまったんだ」

頼む、と安次郎は手をついて、頭を下げた。

「そのお方を助けてくれないか。あんたの義弟の代わりになろうとしている。おれの、おれのたった一人の叔父なんだ」

信太郎が眼を瞠って、安次郎を見ている。

いきなり襖《ふすま》が勢いよく開いた。

「おい、信太郎。話はしっかり聞こえてきたぜ。てめえ、自分の女房を信じねえで、しょうもねえ幼馴染みの与太話を真に受けやがってみっともねえ。その落とし前をつけやがれ」

しゃがれた声とともに現れたのは身体の大きな男だ。安次郎は顔を上げる。この男が善兵衛か。

「もしや湯屋で会ったお人で。その節は、うちの信太が。ありがとうございました」

ほっ、と善兵衛が声を洩らした。

「おお、あんときのお父っつぁんか」

はい、と安次郎が応える。

「で、お民の弟はいくらごまかしやがったんだえ？」

「一年につき二両二分を四年」と、安次郎が答えた。

善兵衛が、豪快に笑った。

「合わせて十両かえ。それだけ盗めば首が飛ぶってのによ。お民を迎えにいって、渡してやれ」

善兵衛が言い放つと、信太郎が悔しそうに己の膝《ひざ》を叩いた。

「摺師の安次郎さんだったね、今から、幼馴染みを張り倒して、お民を迎えにいってきまさあ。うちは一橋家の御用達だ。この一件は内々に済ませます。ご安心を」

むろん義弟には一発、食らわしてやりますけどね、と苦々しく笑った。

「まったく、みっともねえ。他人《ひと》さまから、てめえら夫婦のことをたしなめられちまうなんてよ。お民は踊りの師匠だから、魚屋を手伝うことはねえと、おれは一緒になる前からいっていたんだ。けどあいつはそれを妙に気にしてた。だから、この綿絵を作ったんでさ。おめえはこれでいい。こんな花の下で輝いているって」

あいつが喜ぶ顔が見たかった。なのに不義だと囁《ささや》かれて、おれはそっちを信じちまった、馬鹿な亭主だ、と信太郎は自嘲《じちよう》した。

「それだけ、お民に惚《ほ》れてるって証だよ。しょうもねえ」

善兵衛が呆れたようにいって、笑みを浮かべた。

「お父っつぁん、行ってきます。お父っつぁんもお気に入りのお民はちゃんと連れ戻します」

そういって腰を上げた。

「ああ、そうしてくれよ。お民の踊りが見れねえから、寂しくてたまらねえ」

そういうや、安次郎さんってのかい、と善兵衛が横に膝をついた。

「ありがとうよ。知らせにきてくれてよ。助かった」

善兵衛が安次郎の手を取った。


「まさか、兄ぃがうろこ屋に行くなんてねぇ、惚れ直したなぁ。でも本当によかったですよ、善兵衛さんの鶴《つる》の一声が効きましたね」

「まあ、そうだな」

惚れ直したという言葉は聞かぬ振りをして、安次郎は猪口に酒を満たす。

「なあ、直。明日、叔父に会うことになった」

直助が眼を開いた。

「上野の寛永寺《かんえいじ》だ。だが、叔父が信太のことを口にしたら、すぐに帰るつもりだ。信太はおれの子だ」

安次郎は猪口を一息にあおった。直助が眼を丸くしたまま安次郎を凝視している。

「けどな、叔父が信太を養子に迎えたい気持ちもわからなくもねえ。それはおれに対する償いの意味もあるんだろう」

生きていたおれを死んだことにした、それは長く叔父を苛《さいな》んでいたに違いない。そして部屋住みの叔父が田辺家を継いだことも。

「それにもな、訳があったらしい。おれの家の者が皆焼け死んだとなれば、田辺家は潰される。まだ父親や兄、そしておれの生死がわからないうちに、叔父を後継として届け出をしろと一橋家の家老にいわれたらしい。次男の叔父は幼い頃から江戸でも指折りの算術家の私塾に通っていたからな」

安次郎は空けた猪口を指で弄《もてあそ》びつつ話した。だが、視線は直助には向けていない。ぼんやりと膳の上を見ているだけだ。

「きっと勘定方として使えると思っていたのだろうな。田辺にとってはありがたいことだ」

と、直助が身を乗り出した。

「兄ぃ、叔父貴を許してやるってことですかい？」

安次郎が首を傾げた。

「わからねえよ。許すとか許さねえとか。ただ、おれは何を恨んでいたのかってな。けどよ、叔父はもう何もいらねえらしいよ」

「なにいっているんです。兄ぃは本当ならお武家だったんだ。それを奪ったのはその叔父貴なんですぜ。今、いったじゃねえですか、兄ぃが生きていることを知りながら、引き取りもせず、死んだことにしちまった。そんなのはありえねえよ」

冷てえ、お人だ、と直助は吐き捨てた。

「その上、信太を欲しがったなんて、図々《ずうずう》しいにもほどがあらあ」

「けどな、直。おれも次男坊だった。叔父と同じ部屋住み者だよ。分家が立てられるほどの家じゃねえ。まあ、武家でいられてもどこかの養子になっていただろうな。それはそれで暮らしが楽か厳しいかはわからねえがな。武家も貧乏だからな」

安次郎は口角を上げた。

そんなぁ、なんでそんなにあっさりいえるんです、と直助が顔をぐしゃりと歪ませた。

「怒っていいんですよ、なんでもっと恨まねえんですよ。兄ぃはいっつもそうだ。何が起きても屁《へ》のかっぱって顔してよ」

直助は自棄《やけ》になって豆腐の餡掛《あんか》けを無理やり口に流し込んだ。

「屁のかっぱ、か」

安次郎は苦笑した。

「そうでもねえさ。おれも、どこかで諦めていたのかもしれねえな。ふた親と兄妹《きょうだい》を亡くして、叔父に見捨てられ、お初には先立たれて――」

ただな、直助、と安次郎は頬を膨らませて豆腐を食う直助へ眼を向ける。

「武家暮らしをしていたら、長五郎の親方にも、お初にも、おめえにも会えなかった」

おれを父親にしてくれた信太にも、な、と笑いかけた。

「こんなにてめえのことを話すのも初めてだよ。おめえには伝えておきたかった」

直助は、ごくりと豆腐を飲み込んだ。

「兄ぃ――」

直助が眼を潤ませ、身を固くして安次郎を見つめる。鼻孔《びこう》から、つーっと洟《はな》が垂れてくることにも気付いていない。

「直、汚ねえよ。ほら、拭《ふ》けよ」

安次郎が手拭いを差し出した。

ぐひっ、ずびっと直助が嗚咽《おえつ》を洩らし始める。

「兄ぃ、おれ。いまほんとに兄ぃと兄弟になったような心持ちがしてます」

目許と鼻と構わず直助がゴシゴシ拭う。

「兄ぃがいろんなこと話してくれて、おれ嬉しいよ」

「そうだな」

安次郎はちろりを手にした。

「おまんまの安と、こまんまの直じゃねえか」

直助は、うんうん頷きながら、猪口に指をかけた。

「叔父貴と得心出来るまで話をしてくださいよ。途中で帰っちゃ駄目ですよ」

ああ、そうするよ、と安次郎も静かに首を縦に振った。


寛永寺の桜は今が盛りと咲き誇っていた。

昔から花見といえば、手弁当を持ち、宴席を張って桜樹を眺める。ただし、寺領内での鳴物は禁じられている。

叔父の俊之助との約束は九ツ（正午）だ。

安次郎は半纏《はんてん》の両袖に手を差し入れ、多くの人々が行き交い、飲み食いを楽しんでいる中、ふと足を止め、一本の桜樹を見上げた。太い幹から多くの枝が上へ上へと伸び、晴れた青空に淡い五弁の花々が鮮やかに映えていた。

こんな色を出してみてえ、な。

安次郎は苦笑した。実景に敵うはずがないことはわかっている。しかし、錦絵には錦絵の色がある。もっともっと鮮やかな色を出してみてえ。

誰もが、ああ、綺麗《きれい》だ、と手に取ってしまう色だ。

ただし、それは絵師との思いが合わさらないと出来ない。絵師の色差し通りに摺るのが職人の立場だ。

絵師が求める色を摺るのが、おれたち摺師なのだ。それを忘れちゃならねえが、なんだろう、いつの間にか胸底から別の思いが湧《わ》いてきた。

顔料を混ぜて、おれの色を作れねえものか。

それを絵師に見せて、こんな色もできるのだと。

摺師から絵師にいうのは差し出がましいが、それで錦絵をさらに錦にできるかもしれない。

人波の中からひとり、はっきりと浮かび上がる者がいた。

それがゆっくりと安次郎に近づいてくる。

皺も、白髪《しらが》も増えた。そうか、おれの中では叔父の時は止まっていたのだ。おれもまた叔父を死んだ者とみなしていたのかもしれない。絡んだ糸が少しずつ解《ほど》けていくような気がした。

叔父は供も連れず、ひとりでやって来た。

「安次郎か」

優しい声音だった。

「ご無沙汰《ぶさた》しております」

安次郎は頭を下げた。

ああ、と俊之助が幾度も首を縦に振る。

「立派になったな。大橋どのから摺師であると聞かされてはいたが」

と、俊之助が視線を動かした。

「信太は連れてきておりません」

安次郎は、はっきりと口にした。

「そうか。大きくなったろうな」

俊之助が、眼を細める。目尻に幾重にも皺が出来る。

「本日は、私だけで。いずれ連れて参りましょう、叔父上」

俊之助が口をわずかに開け、身を震わせた。

「叔父、と呼んでくれるのか」

安次郎はくるりと背を向けた。

「桜を眺めながら、歩きましょう。いくらでも話はありますので」

安次郎は首を回して、俊之助に笑いかけた。

第四話

黒い墨

一

ゆったりと流れる大川には荷船や猪牙舟《ちょきぶね》、屋根船が行き交っていた。

「うろうろぉー」と、売り声を上げているのは、うろうろ舟だ。水菓子や煮物、焼き物などを涼み舟の乗客たちに売っている。

安次郎と直助は、摺《す》り場《ば》の親方である長五郎に頼まれ、向島《むこうじま》に隠棲《いんせい》している儀右衛門《ぎえもん》という者の寮を訪ねた帰り道だった。隅田堤《すみだづつみ》の桜樹《さくらぎ》は、すでに花も散り、夏の陽射《ひざ》しの下、葉を茂らせている。

「はあ、もうすっかり葉桜になっちまいましたねぇ。今年は花見もできなかったなぁ」

直助がぼやいた。

「ああ、ほら兄ぃ。こんな真っ昼間っから山谷堀《さんやぼり》に猪牙が入って行きますよ。まったくいいご身分だなぁ。お天道様が真上に上がっているってのに、吉原詣《よしわらもうで》だ」

直助は額のあたりに手をかざし、眼《め》を細めた。

「乗っているのは、どこぞの若旦那《わかだんな》ですねぇ。こりゃまいった。朱にむら（紫）の羽織を身につけていやがる。眼がちかちかすらあ」

「馬鹿いってねえで、さくさく歩け」

なにかと足を止める直助を振り返って安次郎はいった。

「早く戻らねえと、親方にどやされるぞ」

ああ、はいはい、と直助は不満そうな返事をして、安次郎に追いついてきた。

「兄ぃは歩くのが早《はえ》えんですよ。でもさ、親方いってたじゃねえですか、どうせなら押上の舅《しゆうと》さん達に挨拶《あいさつ》してきてもいいぞって。信太の様子も聞きたいだろうからって」

安次郎は亡き女房のお初の忘れ形見の信太を、ずっと押上の舅姑《きゆうこ》のもとに預けていた。だが、ふたりもそう若くはない。活発な年頃《としごろ》の信太の面倒を見るのに苦労も多くなってきていた。

信太が右手の親指の骨を折り、うまく指が使えなくなったのが引き取ることにしたきっかけではあったが、そうでなくても、安次郎は信太とともに暮らしたかった。暮らすべきだと考え始めていた。子どもである時期はさほど長い年月ではない。その成長をそばで見守り、独り立ちさせる、それが親の責任であると思ったのだ。

「いや、おれひとりが挨拶に出向いたら、がっかりするさ。信太は一緒じゃないのかとな」

「そりゃあ、そうでしょうけどね」

直助はふんふんと頷《うなず》くと、いきなりはっとしたような顔をして、

「じゃあ、長命寺《ちようめいじ》の桜餅《さくらもち》を食いましょうよ」

と、いった。

どうしても、寄り道をしたいらしい。

「それくらいなら、いいけどな。どうせなら、摺り場の連中にも買っていこうか」

直助はぽんと手を叩《たた》いて、足早に歩き始めた。

「おちかさんにはふたつ買おうかなぁ」

あら、直助さん、あたしにお土産《みやげ》？　そうだよ、おちかさんにはふたつだ。他の奴《やつ》らには内緒

だぜ。まあ、嬉《うれ》しい、ありがとう、と声色を使ってひとり芝居を始める。

安次郎が呆《あき》れていると、向かいから歩いてきた商家の隠居とその供が、すれ違いざま気味悪げな顔で直助を横眼で見ていった。

当然だな、と安次郎は息を吐く。

しかし、直助は気にするどころか浮かれ歩いている。

長命寺の門前に店を構える『山本や《やまもと》』では、色は地味だが上物とわかる振袖《ふりそで》を着た若い娘と、その乳母《うば》のような女が桜餅を購《あがな》っていた。裕福な商家の娘というのがすぐにわかる。手提げの籠《かご》の中に十ぐらいは入っていそうだ。

直助は腰掛けに座ると、桜餅と茶を頼んだ。

「桜餅、四つだよ、娘さん」

おれはひとつで、と安次郎がいいかけるや、直助はおれが三つ食べるんですと図々《ずうずう》しくいった。

「土産は後で買いましょうね、兄ぃ」

ああ、と安次郎は応《こた》えて、直助の隣に腰を下ろした。

桜の時季の隅田堤は、人の流れが引きも切らず、花を眺めつつそぞろ歩き、『山本や』も桜餅を求めて列ができるくらいに賑《にぎ》わう。

しかし、今はもう処《ところ》の百姓や、少し先にある竹屋《たけや》の渡しを利用する者たちくらいだ。もっとも、三囲《みめぐり》神社や長命寺、その裏手の弘福寺《こうふくじ》などにお参りに訪れる者は季節を問わずやって来る。

茶と桜餅が運ばれてきた。

「お、きたきた」

直助は早速、餅にかぶりつく。

「ああ、うんめえ」

「お前、桜の葉は剝《は》がさねえのか？」

安次郎は葉を取り去りながら訊《たず》ねた。

「え？　この塩漬けの葉っぱが甘い餡《あん》と絡まって美味《うま》いんじゃねえですか。兄ぃはせっかくの葉っぱを取っちまうんだ。ああ、もったいねえ」

小豆餡《あずきあん》を小麦の粉を練って作った薄く柔らかな餅で挟み、それを塩漬けした桜の葉で包む。桜の葉の香りと塩味が餅に移る。それがなんとも上品な味わいとなる。

娘がくすくすと笑いながら、直助を見た。

「お嬢さま、失礼ですよ」

供の乳母がたしなめる。

「だって、叔父さまと一緒だから」

え？　と直助が眼を見開いた。

「おれのことですかい？」

驚いた様子がまたおかしかったのか、娘はさらに笑いながら、木の実のように赤い唇を開いた。

「わたしの叔父さまももったいないといって葉ごと食べてしまうのです」

「別に決まり事はねえんだから、構わねえでしょう？」

そうですよ、お嬢さま、と乳母がとりなすようにいう。

「こちらさまのおっしゃる通りですよ。食べ方は好き好きでございますから」

そうかしら、と娘も引かない。

「確かに、塩漬けされた桜の葉は柔らかくなっているけれど、硬い処が残っていると折角のお餅の美味《おい》しさが半減してしまうわ」

「いや、それでも美味えもんは美味え」

けど、とさらに娘がいいかけたのを乳母《うめ》が制して、さあ、早く早くと娘の背を押した。

「まことに失礼いたしました」

と、乳母は直助に頭を下げ、娘の背をさらに強く押した。

直助は、面食らった顔でふたりを見送る。

「ははは、おきゃんな娘でしたねぇ。どこぞの大店《おおだな》の娘って感じでしたけど」

安次郎は、立ち去るふたりをさりげなく眼で追った。

「叔父さまの大好物ですから、きっとお喜びになると思うわ。ね、おたえ」

「ええ、そうでございましょうとも。でも、儀右衛門さまにはお嬢さまの笑顔が一番の気付けですよ」

「そうかしら。だといいけれど」

ふたりの会話が途切れ途切れではあったが、安次郎の耳に入って来た。その中ではっきりと聞こえたのは、その名だった。

儀右衛門——。

安次郎は茶を啜《すす》りながら、眼を細めた。

「ねえ、おまんまの兄ぃ。もうひと月経《た》ちますけど、叔父貴との約定《やくじょう》はどうするつもりですかい？」

隣に座る直助が、指をねぶりながら訊ねてきた。

ん？　ああ、と娘たちの背を眼で追っていた安次郎は曖昧《あいまい》な返事をする。

直助が訝《いぶか》る。

「もう、誤魔化しちゃ嫌ですよ。叔父貴が信坊と長五郎の親方に会いたいっていってきたんでしょう。どうすんです？」

安次郎はその問いには応えず、桜餅を口にする。

そうか、そろそろ返事をしなくてはならない。


ひと月前、寛永寺の桜の下で叔父の田辺俊之助と会った。二十数年ぶりの俊之助は、思っていた以上に老けて見えた。それもそのはずだと安次郎は苦笑した。自分の記憶の中の叔父は、髪も黒々して張りのある肌をした青年の頃の姿だったからだ。

桜を眺めながらそぞろ歩く人波の中、俊之助は迷いもなく真《ま》っ直《す》ぐに安次郎のもとに向かって来た。

子どもの頃の面影しか覚えがないはずであろうに。

安次郎は、俊之助の半歩後ろを歩いた。さわりと吹く風に、淡い桃色の花弁がさらさらと舞い散る。

花見に興じる若い娘たちが、花弁を手に載せようと手を伸ばし、歓声を上げた。

「それでは話が出来ぬ。横に並んではくれぬか」

俊之助が立ち止まり、わずかに首を後ろに回した。

「いえ、私は町人ですから、お武家さまと並んでは」

「何をいうておる。甥《おい》なのだ、妙な遠慮はよしてくれ。それに安次郎、お前はもともと武家だ。田辺安次郎であることに変わりはないのだ。さ、隣に並んでくれ」

俊之助はやや厳しい口調でいった。

「叔父上がそうおっしゃるなら」

安次郎は歩幅を広く取って、叔父の横に並んだ。

「安次郎、面差しがよう似ておる。遠くからでもすぐにわかった。兄上がいるように錯覚した」

そうか。それで叔父はおれに向かって真っ直ぐ歩いて来たのだと得心する。

「さほどに父に似ておりますか」

うむ、と俊之助は感慨深く頷《うなず》いた。

「私はもう、父母、兄妹《きょうだい》の顔もおぼろげではありますが」

「致し方ない。もう二十年以上も前のことだ。わしとて、死ぬ前の兄をお前の姿に見たのだから
な。歳を経た兄を見ることは願っても叶《かな》わぬゆえな」

俊之助は静かに応える。

晩春のうららかな陽射しの中、花に誘われ、楽しげに行き過ぎる人々の中では、どうもそぐわないふたり連れではある。

俊之助もそれに気づいたのか、あたりを見回し、

「わしがここに呼んだが、少々人出が多い。どうかな、広小路《ひろこうじ》近くに懇意にしている小体な料理屋があるのだ。そこで腰を落ち着けんか？　酒でも呑《の》もう」

遠慮がちにいった。

安次郎はすぐには返せず間を置いた。なぜ、返事が出来なかったのか、自分でも戸惑っていた。

叔父と話をしながら、怒りに震えることはないと思う。この二十数年の暮らしの中で叔父を思い出すことはほとんどなかった。それは、俊之助とて同じだろう。一橋家の家臣として、懸命に

仕えてきたのだ。

その間のことを事細かに話す必要はない。過ぎ去った歳月に思いを馳《は》せたところで、戻ってはこないからだ。

安次郎が思っているのは、俊之助が血の繋《つな》がった叔父であるという、そのことだけだ。

これまでの暮らしではなく、これからのことを叔父と話したかった。叔父と甥として、この先をどうするか。

しかし、なんとしても信太を養子に迎えたいと叔父が強く出て来たら、田辺家を潰《つぶ》す気か、と叔父が迫ってきたなら、冷静に話が出来るかどうか、怪しい。

信太は、お初が命を懸けて遺《のこ》してくれた子だ。

安次郎はそれだけは心に決めていた。むろん、自分が生まれ育った田辺の家がなくなってしまうのは辛《つら》い。だが、すでに父母も兄妹も亡くし、女房のお初に先立たれ、ほとほと家族に縁がないのだと思ってきた。

だが、信太は違う。武家であろうと、町人暮らしであろうと、おれのたったひとりの子だ。手放すなどということはこれっぽっちも考えていない。

「どうかな、安次郎」

俊之助が再び訊ねてきた。

「このまま、歩いていても詮無《せんな》いことだ。ゆるりと語らいたいと思うのだ――それにな、わしはお前に頼みが――」

俊之助が顔を向けてきた。安次郎は皆まで聞かず視線を前方に移した。と、一軒の茶店が眼に入った。

「あの茶店では、どうでしょう」

むっ、と俊之助が前を見る。

葦簀《よしず》を回した茶店では、若い男や娘、隠居や年増女《としま》など多くの人々が茶を啜り、団子を食している。

「あそこ、か」

俊之助は難色を示すような口振りだった。

「構わねえでしょう。たまにはああしたところも。こいつは、私のわがままかもしれませんが、気楽に話が出来たらと」

と、安次郎はいった。

「――気楽に、か」

「ええ、そうです」

安次郎が応えると、俊之助がふっと笑みを浮かべた。

「そうか。桜を眺めながら、茶を飲むのもよいかもしれんな」

俊之助が頷いた。

ふたりは、茶屋に入り、腰掛けに座る。忙しく立ち働いている茶屋娘に安次郎が声を掛けた。

並んで静かに茶を飲んだ。喧騒《けんそう》が、周りから消えたような気がした。

「信太は叔父上からいただいた独楽《こま》を大事に持っております」

「そうか、それはよかった」

「上手に回せるようになりました」

うむ、と俊之助がそうだろうといわんばかりに幾度も頷く。

ただ、それは左手だ——安次郎は少し苦味が残る茶を飲んだ。

俊之助は、やはり信太を養子に迎えたいといった。そして、摺り場の親方である長五郎にも会って、詫《わ》びと礼をしたいというのだ。

長五郎は火事で火傷《やけど》を負った安次郎を救い、俊之助とは直接対面している。その際、俊之助は安次郎を拒絶した。すでに安次郎一家は火事で皆亡くなったものとして、父親の弟で、部屋住みだった俊之助が田辺の家督を継いでいた。

長五郎は、俊之助の冷淡な態度に腹を立て、それならば自分が面倒を見ると、安次郎を引き取ったのだ。

その長五郎が叔父と会うかどうか——。


直助は、もうひとつ桜餅を頼んだ。

「よく食うな」

「だって、美味えじゃねえですか。けどね、兄ぃ。兄ぃの叔父貴は、ちっとばかし図々しいとおれは思いますがね」

そういうと桜餅を口に押し込んだ。

「そりゃあね、叔父貴にも事情があったってことは聞きましたよ。けど、それと信坊とは別の話じゃねえですか。てめえの処で子どもが出来ねえからって、信坊を後継《あとつぎ》になんて、酷《ひで》えよ。兄ぃ、叔父貴にはっきり伝えたんでしょう?」

ああ、と安次郎は曖昧に応える。

「直、この話はもう仕舞《しま》いだ」

「なんですよぉ」

直助が不満そうに安次郎を見る。

「それよりも、さっきの娘の方が気になる」

直助が眼をしばたたく。

「さっきのって、乳母みてえなのを連れてた娘のことですか？」

うん、と安次郎は頷く。

「儀右衛門さまといっていた」

え？　と直助が眼を見開く。

「おれたちがさっき会いにいってたお人と同じ名じゃねえですか」

「偶然にしちゃ出来過ぎだが、あの娘はその儀右衛門さまの姪《めい》っ子のようだ」

「こりゃ驚いた。ここで会ったのも、何か縁を感じちゃいますね。なかなか可愛《かわい》い子だったし」

調子のいい奴だ、と安次郎は呆れる。

「さ、行こうか。直助がどこぞの商家のお嬢さまに鼻の下を伸ばしていたと、おちかちゃんにも早いところ知らせないとならないからな」

安次郎は餅代を置いて腰を上げた。

「え？　誰《だれ》が鼻の下を伸ばしたっていうんです？　兄ぃ。妙なことをおちかさんの耳に吹き込まねえでくだせえ」

直助が顔に血を昇らせて、腰掛けから弾《はじ》かれるように立ち上がる。

神田川を舟で上って、神田にある摺長までふたりは戻った。

「ご苦労だったな、ふたりとも」

長火鉢の前に座っていた長五郎が煙管《キセル》を吹かしつつ、顔を向けた。

「ただいま戻りました」

直助が土産に購ってきた桜餅の籠をうやうやしく差し出した。

長五郎が眼を輝かす。

「おう、長命寺の桜餅か。気が利くじゃねえか。かかった銭は、おちかから貰《もら》っといてくれ」

「いえ、親方、これはおれたちの」

「馬鹿野郎。安、ここの主人《あるじ》はおれだぜ。みんなに振る舞う物におれが銭を出すのは当たり前だろうが」

「ありがとうございます」

安次郎は頭を下げる。

「直、おちかにいって茶の用意もさせてくれ」

はい、と直助は嬉しそうに大きく首を縦に振り、とてつもない素早さで摺り場を出て行った。

ったくあの野郎、と長五郎が舌打ちする。

「親方、儀右衛門さまですが」

むっと長五郎は表情を変えて安次郎を見た。

「どうだった？　お元気だったかえ？」

「ええ、もう床上げはなさっておりました。親方からの見舞いの品をお渡しすると、とても喜んでくださいました」

そうか、と長五郎は煙管の灰を火鉢の中へ落とした。

「儀右衛門さんはよ、おれが馬鹿していた頃に世話になった。おれにとっちゃ兄貴みてえなお人だ」

安次郎は眼をしばたたく。

初めて聞く話だった。

「まだおれが青臭《あおくせ》えガキだった頃にな、親父《おやじ》と大喧嘩《おおげんか》してなぁ、ここを飛び出したのさ」

そうさなぁ、半年ほど儀右衛門さんの店に転がり込んだんだ、と懐かしそうに眼を細めた。安次郎が黙っていると、長五郎は照れ笑いを浮かべ、

「で、床上げしたというが、もうすっかりいいってことだな」

話をごまかすように訊ねてきた。

「ええ」

と、応えたものの、安次郎はわずかに顔を曇らせた。

「なんだえ、その顔はよ」

「お身体《からだ》のほうはもうなんともないそうですが、お世話をしている下女の話ですと、いまだに気が塞《ふさ》いでいるようだと心配しておりました」

そうか、と長五郎は天井を見上げる。

「仕方ねえだろうなぁ、ひとり息子に先立たれたんだ。そろそろ一周忌になろうって頃だが、それでも気持ちはなかなか収まらねえだろうな」

「それで、これを預かってまいりました」

安次郎は、懐《ふところ》から綴《と》じ帳《ちょう》を差し出した。半紙を四つに切った小さな物だ。

「なんだい、こいつは」

「句帳です」

手に取った長五郎が眼を剝《む》いた。

「句帳？」

「亡くなった息子さんが遺した物だとおっしゃっておりました。これを二百、一周忌に間に合うよう、摺ってほしいと」

「句集を作りてぇというのかえ？」

「はい。絵師は歌川広重師匠にお願いして、花鳥を描《か》いていただき、私家版として皆様にお配りしたいのだと」

長五郎は、息を吐いたが、はっと気づいたように、

「そうか。わからなくもねえがな、一周忌といったら、間がいくらもねえじゃねえか。その上、広重師匠に頼むなんざ——あと、ひと月だぜ。で、その俳句ってのは何首あるんだ？」

安次郎は、口籠《くちご》るようにいった。

「百首」

無茶だ、と長五郎が間髪を入れず声を張る。

長五郎が大声を出すのは当然だ。錦絵《にしきえ》一枚だけならたっぷり時間があるが、百首となれば、一丁に四首入れても、二十五丁は必要だ。すべてに挿画を入れるとしたら、版下絵を描き、彫りを施し、摺りに至るまで、ひと月などあっという間だ。製本もしなければならない。

長五郎が、呻《うめ》いた。

「無理だと、いったのか？」

安次郎は口籠る。

「だよなぁ、いえるはずもねえか。けどよ、儀右衛門さんだって、板屋も営んでいなさったんだ。本一冊がどれだけ手間がかかるかわかっているると思うが」

その判断もつかなくなっちまっているということか、と長五郎は嘆息する。

板屋は、摺物に使用される版木を売る店だ。

版木には、山桜が用いられている。錦絵では、人物の髪などの彫りを施す際、それこそ人の髪よりも細く、繊細な彫りが要求される。それには精緻《せいち》な線を鮮明に残せるだけの堅さが必要だ。しかも摺りに耐えられる木でなければ、錦絵に見られる髪の生え際などは皆潰れてしまう。その条件を満たしているのが桜材だ。

木材の目も細かく、堅い。

伊豆《いず》や日光《にっこう》、磐城《いわき》産の桜が取り寄せられている。

板屋は、その山桜を版木に加工する。長さは一尺三寸（約三十九センチ）、幅は八寸七分（約二十六センチ）、厚さは一寸（約三センチ）と決まっている。大判錦絵の紙の大きさに合わせているのだ。

さらに版木の表面は、彫り、摺りを施すものであるから、滑らかでなければならない。板屋では、版木の表面を鉋《かんな》で削る。研磨材などを使うと、版木としては使い物にならないといわれている。

それだけ、鉋かけの技術も優れていなければならない。

錦絵は、絵師、彫師《ほりし》、摺師《すりし》の三つが揃《そろ》って作られる物ではあるが、その土台となっている紙はむろんのこと、版木も良いものでなくてはならない。つまり、そのどれかが欠けたら、錦絵は生まれなかったということでもある。

江戸で板屋はいくつかあるが、馬喰町《ばくろちょう》に並んでいる板三《いたぞう》、儀八《ぎはち》、儀平《ぎへい》の三軒に行けば、必ずよい版木が手に入るといわれている。

そのうちのひとつ、いわき屋《や》儀平が儀右衛門の営んでいた店だった。

名の通り、磐城産の桜を多く取り寄せているのだ。

「どうするかなぁ。ええ？　大体、広重師匠に摺り場からお頼みするなんてのは、前代未聞の話だぜ」

それについては、と安次郎があっさりと口にする。

「やはり版元さんからお願いしていただくのが一番かと思いますが」

「そりゃそうだ」

長五郎も苦笑しながら得心する。とはいえなぁ、と途方に暮れた顔をする長五郎に、安次郎は身を乗り出した。

「有英堂《ゆうえいどう》の吉之助《きちのすけ》さんはどうでしょうか？」

長五郎がぽんと膝《ひざ》を叩《たた》いた。

「そうだな、有英堂か。吉之助はおめえのことが気に入っているからな。引き受けてくれるとは思うが、いいのかえ？」

長五郎が探るように訊ねてくる。

有英堂の吉之助は、仕事を振って来るときは必ず安次郎を指名する。

「無理をいってくるかもしれねえぞ。また後摺《あとずり》を二千やれってな」

「構いませんよ」

安次郎は応えた。

「儀右衛門さまが親方にとって大切なお人なら、お手伝いいたします」

「ちぇ、心にもねえことを」

長五郎は憎まれ口を叩きながらも、んじゃ、早速、有英堂の顔でも拝みに行くか、と腰を上げた。

安次郎は、叔父の話はこの一件が済んでから、長五郎に話したほうがよさそうだと思った。

「安、おめえも来い。有英堂はおめえを見ると喜ぶからな」

「どうした役割ですかい？　親方」

安次郎も立ち上がる。

そういえば、これほど長く一緒にいて、長五郎の過去はあまり知らないのだとあらためて気づいた。長五郎自身が、己のことをペラペラと話すほうではないにしろ、安次郎からも訊ねたことはなかった。

儀右衛門は、穏やかな顔をした男だった。長五郎のような少々厳つい顔つきではなく、色白の細面、裕福な暮らしに馴染《なじ》んだ品のよさが顔貌に表れていた。

「あれ、ふたりして、どちらにお出掛けですか？」

ようやく摺り場に戻ってきた直助が眼をパチクリさせた。

「ちょっとな、有英堂さんに行ってくるんだ」

安次郎が応えると、

「おれも行きてえ」

と、直助がしがみついてきた。

「駄目だ。おめえには、菓子袋の摺りを任せただろうが」

墨一色で摺るだけの容易《たやす》いものだが、たしか五百だ。となるとかなり時がかかる。

「どうせ、有英堂さんと美味い物食ってくるんでしょう？　いいなぁ」

「そんなんじゃねえよ」

安次郎がぎろりと睨《ね》めつける。

「儀右衛門さんの件だよ」

はっとした直助が、気味が悪いほど素直に頷き、大声を出した。

「おい、墨はあるか？　ちゃんと擂《す》り鉢《ばち》で念入りに擂ってあるだろうな」

小僧のひとりが慌てて返事をした。

二

「ゐざうし　にしきゐ　有英堂」と記された置き看板。軒から下がっている藍《あい》に染められた暖簾《のれん》が風に揺れている。

店頭に吊《つ》るされた錦絵の役者絵を見上げて、娘たちが嬌声《きょうせい》を上げている。やはり、国貞の役者絵は変わらず人気がある。色の美しさばかりではなく、紙から抜け出してくるような迫力があった。

毛氈《もうせん》をしいた揚げ縁の上には、絵双紙、錦絵、そして千代紙が並べられている。六つほどの女児が、色々な模様の千代紙を順に手に取り、傍《そば》の祖父と思《おぼ》しき年寄りの顔を見上げていた。

長五郎は、店先を眺め回して、なるほどなあ、と感嘆した。

「国貞、広重、国芳か。まったく、歌川の花盛りだなぁ」

「とはいえ、北斎《ほくさい》と弟子の北渓《ほっけい》、そして美人画の英泉もまだまだ頑張ってますよ。天保《てんぽう》のご改革がありましたが、今は、絵師が揃い踏みだと思います」

ふふ、と長五郎が笑う。

「確かになぁ。一番時期かもしれねえ。まあ、そのおかげで、おれたちも飯の食いっぱぐれがねえ。なあ、おまんまの安《やす》さんよぉ」

「茶化さないでくだせえよ」

安次郎は、長五郎の物言いに、軽く唇を曲げた。

「おや、摺長の親方と安次郎さんじゃありませんか」

店先に立っていたふたりに気づいた初老の番頭が、声をかけてきた。

「旦那と本日はお約束で？」

長五郎が、首筋をぼりぼり掻《か》いた。

「いや、申し訳ねえ。ちょいと吉之助さんにお頼みしたいことがございまして、突然、参上しちまったんですが」

「はあ、頼み事とは。少々、お待ちくださいまし。今、奥でお客の応対をしているものですから。ささ、どうぞ、お上がりくださいい」

「ああいや、裏に回りますよ、客じゃねえんですから」

「とんでもないことですよ。遠慮なさらず、ささ」

長五郎は、番頭に礼をいうと、店座敷に上がる。安次郎もそれに続いた。

吉之助は帳場で、老齢の武家と話をしていた。大刀が傍に置かれていない。脇差《わきざし》一本だけなら、隠居の身だ。上客なのか、幾冊も読本《よみほん》か、合巻本を積み上げて、話をしている。番頭が近づき、吉之助の耳許でなにか囁《ささや》いた。

吉之助が顔を上げ、こちらに視線を向ける。

と、武家に丁寧に頭を下げて、腰を上げた。番頭が代わりに武家の前に座った。

「長五郎さん、どうしました。安次郎さんもご一緒とはお珍しい」

吉之助は細面の顔に笑みを浮かべながらやってくると、長五郎と向かい合うようにかしこまった。さっと、裾《すそ》と羽織を払って、背筋をきちりと正してかしこまる。以前は、商売に熱心ではあるものの、若く風采《ふうさい》がいいだけの旦那と、仲間内から皮肉をいわれていたが、この頃は貫禄《かんろく》が備わってきているように安次郎の目に映る。

「お客さんを先にどうぞ。おれらのことなんざ、うっちゃっておいて構わねえですから」

長五郎は恐縮した。すると、吉之助が膝を進めてきて、声をひそめた。

「いえいえ。あのお武家さまは、お話がいつも長くて困っているのですよ。あれだけ、棚から下ろさせて、結局は一冊買うか買わない、ですから」

そういって苦笑した。

なので、いつも途中で番頭に代わってもらっているのだという。

「きっと、ここにおしゃべりに来ているのでしょう。隠居なさると暇を持て余してしまうのかもしれませんね。ですが、私も、ひとりのお客さまだけを相手しているわけにもいきませんのでね。それで、今日は」

長五郎が大きな身を縮ませ、

「お頼み事がありまして。少々厄介なのですがね」

ほうほう、と吉之助が首肯する。

「吉之助さんもご存じかと――」

長五郎が身を乗り出したとき、コロリと三和土《たたき》で下駄の音がした。

「吉さん。頼んだ漢籍、手に入ったかしら?」

艶《つや》っぽい声音に、長五郎も安次郎も思わず振り返った。

目の覚めるような深紅の夏羽織。縞《しま》の単《ひとえ》の襟をぐっと抜いて、薄桃色の帯は博多《はかた》だ。一目で玄《くろ》人《うと》としれる女だ。

「これは、姐《ねえ》さん。ご注文の漢籍なら届いておりますよ」

吉之助がにこりと笑う。

「申し訳ないわねぇ、漢籍なんぞお願いしちゃって。吉さんの処《ところ》は、柔らかい書物だけなのにさ。うちの旦那が無理いって」

「いいえ、ご注文とあればいかようにも。さ、お上がりくださいませ」

女に頭を下げると、吉之助は店を振り返り、

「おい。お前だ、お前だ。姐さんのお相手を頼むよ。ご注文の漢籍も持ってきておくれ」

まだ前髪を残した奉公人に命じた。

「次から次へと忙しいな」

長五郎が安次郎に肩を寄せてきて、ぼそりといった。

「そのようですね」

「今日は、帰《け》ぇるか」

長五郎にしては意気地がない。やはり、無理な頼み事だと気にしているのだろうか。

儀右衛門の息子の一周忌まであとひと月。二百部の依頼だが、句を彫り、墨一色で摺り、綴じるだけならば間に合わないことはない。売り物ではないため、版元にわざわざ話を通さずともいい。後は彫師を決めればいいのだ。

しかし、儀右衛門の望みは、句集に挿画《さしえ》を入れることだった。しかも、大師匠の歌川広重を指名してきたとなれば、摺り場でどうこうできる話ではない。

儀右衛門を兄とも慕い、様々世話を焼いてもらったという長五郎ではあったが、さすがに広重に直《じか》に頼みに行くのは気が引けるどころか恐れ多い。試し摺りで顔を合わせたことがあっても、顔を知っているだけだ。

「申し訳ございません。大変、失礼しました」

吉之助は長五郎に向きなおった。

「店ではなんです。奥でゆっくりお話を伺いましょう」

ふたりを促すように、吉之助が立ち上がる。

「久しぶりに安次郎さんの顔が見られて嬉しいですよ」

吉之助はからかうように言う。

「私は、安次郎さんの腕に惚《ほ》れ込んでいますからねぇ」

「此度《このたび》は、私もちょいとばかり絡んでおりまして」

安次郎がいうと吉之助が、ほう、と眼を細めた。

「承知しました。ともかく奥へいきましょう。まだ陽《ひ》はありますが、一献いかがです？　安次郎さんは、私がいつお誘いしても、断りを入れてくる」

「すいやせん」

安次郎は、顔を一瞬伏せた。

『りく』のような気のおけない店ならまだしも、吉之助が選ぶのは、江戸で指折りの料理屋ばかりだ。女を呼ぶのも好きではないし、豪勢な料理よりも、お利久が作る煮浸《にびた》しや、甘い玉子焼きのほうがいい。

と、綺麗《きれい》な黄色に光る玉子焼きを思い出したと同時に、それをうまそうに頬張《ほおば》る友恵の顔が浮かんできた。

しばらく友恵に会っていなかった。時々信太は友恵の家に行って、読み書きを教わっている。まだ信太に読み書きなど早いと思ったが、信太はさほど嫌がっていない。これまでは、友恵に筆や墨を借りていたが、毎度、甘えることもできない。信太用にひと揃い買ってやると、すごく嬉しそうな顔をした。

吉之助の後をついて、母屋の廊下を歩く。

「ねえ、安次郎さん。息子さんとの暮らしにはもう慣れましたか？」

吉之助がちらと安次郎を振りむいて、訊ねてきた。

「ええ。なんとか」

「子どもはいいよねぇ。天真爛漫《てんしんらんまん》で、いつも日向《ひなた》の匂《にお》いがする。寝顔なんてのもかわいいんだろう？」

「ええ、まあ」と、安次郎は苦笑した。

吉之助は、くくくと妙な笑みを洩らした。

「おまんまの安もそんな顔をするんだねぇ。よほど、息子さんが可愛いとみえる」

いや、と安次郎は顔を強張《こわば》らせた。

そういえば、吉之助から子の話を聞いたことがないと思った。

この家は静かだ。むろん、店から番頭や奉公人、客の声のざわざわした喧騒《けんそう》めいた音が聞こえてくるものの、暮らしの音があまりない。

子が一人でもいれば、何かと騒がしいものだ。

しかし、そうした気配がこの家からは感じられない。以前は、そのようには思わなかった。やはり信太と暮らし始めたせいだろうか。

吉之助は足を止め、さ、こちらへと障子《しょうじ》を開けた。いつも通されるのとは違う六畳の座敷だった。床の間には、誰の筆だろうか、山水画の掛け物が下がっている。

「ここは、私の居室です。書き物をしたり、帳簿をつけたり、茶を点《た》てたり、まあ、あまり余人は入らせない座敷です」

吉之助は、遠慮する長五郎を促して、すたすたと中に入って、外に面した障子を開けた。

ほう、と安次郎は眼を瞠《みは》る。

小さいが、美しく丹精《たんせい》された庭だった。見事な枝ぶりの松、石灯籠《いしどうろう》が二基に、形の良い石が並べられ、水の流れを模したものか、小さな白石が敷きつめられている。

「きれいなお庭ですね」

思わず、安次郎の口を衝《つ》く。

「これは中庭でしてね、向かいが寝所になっておりまして、そのふたつの部屋から眺められるように作ったのですよ。中秋の名月が、ちょうどこの中庭の上に浮かびます」

「なんとも風流ですなぁ」

長五郎はお世辞ではなく素直な口調でいう。

「そういっていただけると嬉しいですよ。風も心地よい。開けたままでよろしいでしょう？　では、こちらでお待ちください。膳《ぜん》を頼みに行ってまいります」

遠慮する長五郎を制して、吉之助は座敷を出て行った。

ふう、やれやれ、と腰を下ろした長五郎が息を吐く。安次郎も長五郎の隣に座った。

「まったく相変わらずだ。旦那なんだから、奉公人を呼びつけりゃいいものを、自分から足を運んで行くんだ。偉ぶらねえってのかな」

長五郎は感心したように、幾度も首を縦にする。

「けどよ、安。吉之助さんは、頼まれてくれるだろうかなぁ」

「きっと大丈夫ですよ」

安次郎が返すと、長五郎が眼を丸くした。

「おめえも、いうようになったなぁ」

「なんです？」

安次郎は訝《いぶか》りつつ、長五郎に視線を向ける。

「なに、昔のおめえだったら、ぶっきらぼうに、さあ、とか、わかりません、とかこっちが不安になるような曖昧な返事ばかりしやがっていたが、大丈夫だなんていうんで驚いちまった」

ふふ、と長五郎が肩を揺らした。

「おれは変わっちゃいません。大丈夫だと思っているから、大丈夫だといったまでで」

「ああ、そうかい。その物言いは、やっぱり変わってねえや」

長五郎は憮然《ぶぜん》とした表情で、安次郎を見る。

安次郎は返す言葉を呑み込んだ。

ぶっきらぼうにいった覚えはないが、長五郎にはそう聞こえていたのだから、今更《いまさら》、違うのだと言い返しても詮無い。

そもそも、過ぎた期待はしないようにしている。その代わり、悲観もしない。

物事の真を見抜くのは難しいと思っている、それだけだ。

相手の気持ちを慮《おもんぱか》れば、耳心地の良い言葉も吐ける。だが、それは時として嘘《うそ》になる。事が思い通りに運ばなかったとしたら、嘘が相手をもっと落胆させることになる。それをしたくないだけなのだ。

火事で家族を失い、叔父の倹之助に見捨てられ、ようやく家族を得たと思えば、その女房に先立たれた。そうしたことが、積もり積もってしまったのかもしれない。

試し摺りの最中に、売れるか、と版元に問われても、どうですかね、としか答えない。絵師の中には、ふざけるなと怒鳴る者もいるが、摺師のおれにどんな答えを望んでいるのか、と思う。店先に出せばわかることだ。むろん、何千と摺ってくれれば、多少は売れるかどうかわからぬわけではない。これは売れないだろうという画でも、角が立たぬよう、おべんちゃらのひとつもいえば、満足なのか。

おれが出来ることは、摺りには手を抜かない。それだけだ。

そうしてこれまで、なんとかやってきた。

慎重といえば聞こえはいいが、本当は、臆病《おくびょう》なのかもしれない。自分の言葉で責を負いたくないのかもしれない。

だとしたら、おれはとんだ卑怯者《ひきょうもの》だ。

しかし、人は自ら何かを決めねばならない時がくる。

信太もいずれは、そういう時がくるのだろう。おれは、なにをいってやれるだろうか。

信太は右手の親指が動かない。それが、辛い決断をさせることもあるだろう。

友恵の処で読み書きを教わっているのも、左手を自在に使えるようにするためだという。

だから、他の子よりも早く筆を持って修練するんだ、といったのだ。まったく健気《けなげ》だ、と安次郎は我が子ながら思う。

一体、誰に似たんだろうな。きっと、お初に違いない。おれはもっといい加減だった。

「おい、安。なにを薄ら笑いを浮かべてんだよ。気持ち悪いな」

長五郎が唇をへの字に曲げた。

「ああ、いや別に。なんでもありませんよ」

と、女中が三人、膳をしつらえて運んできた。

長五郎と安次郎の前に置き、そして、吉之助の分を置いた。

三人のなかで、一番年嵩《としかさ》の女が銚子《ちょうし》を取った。すぐに客間を出たふたりと、残った女は衣装も所作も異なっており、歳のせいだけでなく、どことなく品もある。

「や、これは恐れ入りますな。しかし、有英堂さんがいらしてから、いただきましょう」

長五郎がいうと、

「いえ、旦那さまに急なお客さまがありまして、おふたりで先に召し上がっていただきたいと。あたしがその間のお相手を仰せつかりました。奥の勤めをいたしております」

女中はそういって、長五郎に、さ、どうぞと盃《さかずき》を促した。なるほど、吉之助夫婦の世話をしている女中であれば、立ち振舞いも違ってこよう。

膳の上は、わずかな間で調えたとは思えないほどの肴《さかな》が並んでいた。

菜の花とむき海老《えび》の出汁《だし》煮《に》、竹の子とわかめの甘煮、白魚の天ぷら、酢の物はうどだ。

食材の色合いも美しく、鮮やかだ。料理は眼でも楽しめるというが、まさにその通りだった。

長五郎は上機嫌で盃を干した。

四半刻《しはんとき》（約三十分）ほどして、吉之助が戻ってきた。

「失礼いたしました。突然、お見えになったお方のお相手をしておりまして」

「いや、こっちこそ押しかけ客なもんで。そちらのお方のお相手はもういいんですかい？」

長五郎が問うと、吉之助は「ちょっとお立ち寄りになっただけのようでして」と、膳を前に座った。

「どうですか？　安次郎さん。お口に合いますか？」

え？　と安次郎は顔を上げた。

「どれもこれも美味しくいただいております」

「それにしては、少々浮かない顔をしていらっしゃる」と、吉之助が笑みを向けた。

安次郎が、腰を上げようとすると、

「ああ、やめてください。手酌でいきましょう。早速ですが、厄介事をお伺いしましょう」

吉之助は、自分で銚子を取った。


長五郎は、吉之助に儀右衛門の望みを告げた。亡くなった儀右衛門の息子が書き残した俳諧《はいかい》を一周忌に合わせて、句集にするということだ。

話を聞き終えた吉之助は、腕を組み、ふむ、と唸《うな》った。

安次郎と長五郎は、返答を待つ。

ひとつため息を吐《つ》いた吉之助は、なるほど、と呟《つぶや》いた。

「挿画を広重師匠に、ですか――」

いつもお忙しいですからねえ、ええ、とひとりごちるようにいった。

それを耳にした長五郎は、

「まあ、無理な望みだとは思っていましたがね。文字だけの綴じ本で、しかも売り本じゃねえですから、版元さんを通さずやっちまっても構うこっちゃねえと思ったんだが。挿画を広重師匠にお願いして、たった、ひと月ぽっちで仕上げるなんざ、至難のわざだと」

いや、そもそもあの大師匠が引き受けてくださるか、だった、と首を竦《すく》める。

「たしかに私家版ですから、町名主の検印も必要ありません。要するに厄介なのは、おっしゃる通り、広重師匠が受けてくださるか。よしんばお受けくださったとしても、三日か四日で描いてくれと頼めるかってことでしょう？　親方」

「まったくその通りで」

と、長五郎は盆の窪《くぼ》に手を当てた。

「あっしら摺師風情《ふぜい》が、大師匠にお願い出来るはずもねえってんで。けど、大恩ある儀右衛門さんの望みは叶えてやりたくて。図々しくも、有英堂さんならと」

「それで、うちを頼って来てくれたわけですか。それは嬉しいことです」

ですが、と安次郎は空の盃を手にしたままいった。

「儀右衛門さんにお話を伺ったときから、疑問だったのです。板屋を営んでいたならば、広重師匠が多忙なことぐらいおわかりのはず。それを知りながらなぜ、このような無茶をいうのかと」

「それはよ、安。おれならなんとかしてくれるだろうって思ったんだろうよ。それに一周忌の配り物だぜ。箔《はく》をつけたかったんじゃねえのか？」

たしかにね、と吉之助も頷いた。

「けれど安次郎さんの疑問もわかります。箔をつけるだけなら、名のある絵師はたくさんおります。なぜ広重師匠であったのか」

吉之助は大きく肩で息をして、傍に置いた煙草《タバコ》盆を引き寄せると、煙管《キセル》を取り出した。

刻みを詰め、火をつける。煙を吐いてから、口を開いた。

「大事な息子さんを病で亡くされてもう一年ですか。あの時の儀右衛門さんの憔悴《しょうすい》し切ったお顔はいまだに目蓋《まぶた》の裏に焼きついていますよ。私ども版元も、いわき屋さんには、お世話になっておりますのでね。ともかくお手伝いさせていただきますよ」

「本当ですかい？」

長五郎が眼を見開いた。

「ありがてえ、有英堂さん」

「断る理由がありませんよ。錦絵には板が必要。いわき屋さんが扱っている磐城産の桜は、堅さもよく、柔さもあります。うちの店では、いわき屋さんの板と決めていますからね。息子さんと私は歳も近かった。長いお付き合いができると思っておりましただけに、残念でなりませんよ。儀右衛門さんの意図がどうあれ、まずは頼まなきゃはじまりません。さて、そうと決まれば、こうしちゃいられない」

早速、広重師匠に遣いを出しましょう、と吉之助は手を叩いた。

小僧が顔を出すと、「番頭さんを呼んでおくれ」と、いって吉之助は長五郎に顔を向けた。

吉之助の行動は素早かった。二日後、有英堂から摺長に返事が来た。挿画は五点。心配をよそに三日で仕上げるとあった。

「安、杞憂《きゆう》だったな。彫りも伊之助が受けてくれたよ。これで、儀右衛門さんに恩返しができる」

長五郎は摺り場に入って来ると、興奮のあまり、安次郎の手を握り締めた。

隣に座っている直助が、ぽかんと口を開けて、眼をぐりぐりさせた。

その代わり、次の広重師匠の錦絵は必ず安次郎が受けること、という条件を有英堂が付けてきた。が、そんなことは容易《たやす》い。広重の名所絵には様々なぼかし摺りが用いられている。それをこなすことは摺師にとって腕の見せ所でもあるのだ。むしろ、ありがたいくらいだ。

その日の仕事を上げてから、伊之助の行きつけの店に安次郎は出掛けた。上野広小路にある小さな居酒屋だ。

店に着くと、まだ伊之助の姿はなかった。安次郎は小上がりにあがって、伊之助が来るまでと、俳諧が綴られた句帳を開いた。俳諧は、春の部、夏の部と季節ごとに分かれていた。

彫り出す俳諧は、儀右衛門が選び、印が付けられている。

春の部に眼を通しているとき、ふと、ふたつの俳諧に安次郎は眼を留めた。

隅田堤を詠んだものだ。そこに桜餅が出てきた――。

俳諧には、まったく明るくないが、それは幼い頃、初めて口にした桜餅のことだろうとすぐに察しがついた。

逝った息子の面影を追いながら、儀右衛門は、今ひとり口にしているのだ。桜餅は父子《おやこ》の思い出の味であるのだろう。

そしてもうひとつ。

さくらもち　ひとりたつ子の——

安次郎は考え込んだ。これはなんだ？

「よ、安次郎さん、待たせてすまねえ」

伊之助が姿を見せた。

「先にやっててもらって構わなかったのによ。おや？　なに難しい顔しているんだよ。なにかあったのか？」

はっと顔を上げた安次郎は、いきなり三和土に下りた。

「なんだ、どうしたんだよ」

「広重師匠の処へ行く」

げえ、と伊之助が頓狂《とんきょう》な声を出した。

「悪いな、伊之助さん。また今度だ」

「せめて句帳だけでも置いていってくれよ。彫れねえぞ」

伊之助の声を背で聞きながら安次郎は店を飛び出した。

三

広重の住居は京橋《きょうばし》の大鋸町《おがちょう》だ。上野から距離はあるが、急げば半刻《はんとき》（約一時間）もかからない。陽が落ちる前に、家の前に着いた。広重と表札がかかっている。

安次郎は、汗を拭《ぬぐ》って、襟をしごき、訪《おとな》いを入れた。

「ほうほう、摺師とは。こいつは珍しいお客だね。版元だったら追い返してやろうと思ったが、お前さんならばよいよい。ほら、上がんな。なんだよ、手ぶらかえ？　気が利かないな」

広重は冗談まじりに迎え入れた。画室に通された安次郎は眼を瞠《みは》る。

反故《ほご》があたりに散らばり、足の踏み場もない。

「今急ぎの仕事があってな。その辺に座ってくれ。ああ、そうだ。私家版の挿画を有英堂から頼まれた。摺長がかかわっていると聞いて引き受けた」

ありがたがれよ、と広重が恩着せがましく悪戯《いたずら》っぽい口調でいう。

承知しております、と安次郎は受け流すように生真面目《きまじめ》に答えて、反故の間に腰を下ろすなり、急くようにいった。

「その私家版の挿画に描いてほしいものがあります」

むっと広重がいきなり顔をしかめた。自分の軽口をいなされたのが気に染まなかったのか、「安次郎だったな。ちっとは分をわきまえたらどうだい？　版元に注文つけられるのは仕方ねえこったが、摺師にそんなことを頼まれるのは初めてだ」

それにな、と広重が続けた。

「悪いが、此度《こたび》の挿画はこれまでおれが写生してきたものを清書するって話でまとまったんだ。まるきり新物じゃねえよ。だから三日で上げるといったんだがな。それは聞いているか？」

いえ、と安次郎は応える。

「それなら、師匠。これまで描いた画《え》で桜餅はありませんか？」

「桜餅？　長命寺のかえ？」

いわき屋にとって、桜餅がなにを意味しているかを伝えた。そして、この私家版は、供養のためだけではないと付け加える。

仏頂面をしていた広重が安次郎を探るように見て、肩を揺らした。

「ふふん、お前さん、見た目も物言いも妙に醒《さ》めた男だと思っていたが、存外、情に厚いじゃねえか」

「いえ、そうでもありませんが」

「ああ、いったそばから、その口調だ。嬉しいねぇ」

広重が眼を細める。

「やはり、あらたに描きおこしていただくことは出来ませんか？」

安次郎がおずおずというや、広重は、腕を組んだ。

「師匠、こちらを見ていただけますか。春の部に桜餅が出てきます」

広重は安次郎が差し出した句帳に眼を落とす。

ほう、と広重が感嘆した。

「こいつは驚いた。これは、おれのことじゃねえか」

　安次郎は眼をしばたたいた。

「ずいぶん前のことだ。いわき屋さんと息子、まだ赤子だった姪《めい》っ子を連れて花見の後に家《うち》に寄ってくれてな」

　儀右衛門が持参した桜餅を姪があらかた食べてしまったというのだ。口の周りは餡だらけにもかかわらず、しらばっくれていたので、皆で大笑いしたという。

「写していた桜餅がひとつだけ、おれの腹に入った」

「では、これは師匠の家での出来事だと？」

「そうさ。ひとりたつってのが肝だよ。火消同心を辞したおれは、絵筆一本で生きると決めた。むろん迷いはあった。一幽斎《いちゆうさい》を名乗っていたが、一念発起して一立斎《いちりゅうさい》に画号を改めた。つまり独り立ちって意味でな」

　そうかい、そうかいと、広重は眼を細めた。

「こりゃあ、桜餅を入れてやらなきゃなあ。この父子は隅田堤でよく二人で桜餅を食ってたからな」

　やはり、記憶の味だったのだ。桜餅の画は入らぬまでも、広重の画を入れたいという儀右衛門の思いが知れたような気がした。

「さて、どこにあったかね。もう昔のことだからなぁ」

「なら、おれが探します。この画室の中ですね」

　安次郎が腰を上げかけると、

「おい、こら、やめろ。そんなことは内弟子にやらせる」

広重が慌て出した。

「では、描いていただけますので？」

広重は、ふんと鼻で笑った。

「お前さんが、父と息子の思い出を桜餅に見たのはたいしたもんだ。が、これで充分だろうよ。どうするつもりだい？　摺師に出来るのは、色くらいじゃないのかえ？　句集は錦絵ではない。私家版だから、銭はいわき屋さんが出すとはいっても、さすがに法要で配るものを色とりどりにはしたくねえと思うがな」

句集は儀右衛門のためでもある。どんな形の死でも、遺された者は後悔にさいなまれ、悲しみにくれる。もう自分には何も出来ないと絶望的にもなる。その辛さ、苦しさをはらうためには。

安次郎は、沈思した。何も出来ない。色とりどり——色、か。

「師匠、やはり色です」

そういって、顔を上げ広重を見据えた。

「色だって？　おれの挿画に色は置いても、文字に色摺りなんざやらないだろうが」

広重はどこか気が触れているのではないかという顔で安次郎を見る。

「いいえ——」

安次郎は思いついた趣向を広重に告げる。一瞬、眼を開いた広重が、笑い出した。

「そいつは前代未聞だ。いやはや、突拍子もねえ事を考えやがったもんだ。いわき屋さんもきっとお喜びになるだろうさ。そいつはいいや」

笑い続ける広重に、安次郎は頭を下げた。

「それで、師匠。桜餅は」

広重は目尻《めじり》に浮かんだ涙を指で拭いつつ、応えた。

「以前、他の摺師と腕くらべをやったとき、お前さんは流れる滝の水の絵を摺るのに、紙を裏返して別の色を置いて、奥行きを出した。あれにはおれも舌を巻いた」

「覚えていてくださったんですか」

安次郎は思わず声を上げていた。

「面白い事をやるモンだと思ったもんさ。摺りもまだまだ技が作れるんじゃないかとな。まったく、思いがけぬ事を考えるものだな。わかった。お前さんの意気に免じて、桜餅を描いてやろう」

「かたじけのうございます」

安次郎は手をついて、深々と頭を下げた。


安次郎は直助を連れて、儀右衛門が住むいわき屋の寮に向かっていた。

「ねえ、兄ぃ、おまんまの兄ぃ。なんでまた、儀右衛門さんの処へ行かなきゃなんないんです？　もう明日には伊之助さんの彫りが上がってきますよ。あとは摺るだけだってのに。それにこの荷はなんです？　重いったらねえや」

隅田堤を歩きながら、背後で直助が文句を垂れている。

「うるせえな、さっきから」

「だって、何にも教えてくれねえから」

安次郎は、大きく息を吐く。

「行けばわかるよ。お前にも働いてもらうからな」

「働くぅ？」

直助は大声を上げた。

儀右衛門の寮の近くまで来ると、その先に振袖姿の娘と老女が歩いていた。

「あ、あの娘。ほら、桜餅の店で会った娘だ」

直助が、妙に元気になって走り出し、娘に声を掛けた。

「お嬢さん、お嬢さん」

直助をみとめた娘は驚きながらも、あの時の、と思い出したようだった。手にはやはり桜餅の入った籠を下げていた。

「儀右衛門さまへのお見舞いですか？」

皆に追いついた安次郎が訊ねると、娘は、ええと少し悲しそうに眼を伏せた。

「また近頃、元気がなくて。桜餅もあまり召し上がっていない様子で。心配なので、今日は一緒に食べようと思って」

と、すっかり話してしまってから、

「なぜ、ご存じなの？」

娘は首を傾《かし》げた。

安次郎がその問いに答えると、娘は眼をしばたたいた。

「一周忌の句集を作ってくださるお方なんですね。叔父さまから聞いています。とても楽しみだと話していたのですが、命日が近づいているせいか、急に」

と、再び俯《うつむ》いた。

「では、お嬢さんにもお手伝いいただきましょう」

安次郎は笑いかけた。

娘はなみと名乗った。

儀右衛門は、姪のおなみと安次郎たちが同道してきたことに驚いていたが、訳を話すと、そうした縁もあるのだね、と目尻に皺《しわ》を寄せ、おなみを見た。

「ああ、そういえば先日、長五郎が来てくれましてな。広重師匠が快諾くださったと聞いて、嬉しく思っておりました」

「それは、間に版元さんが入ってくださったので」

「ええ、有英堂さんにはお礼をせねばと思っております。いわき屋をご贔屓《ひいき》にしていただいておりますし、息子とも仲が良かった」

と、儀右衛門はそういいながら、暗い顔になった。が、

「それで、本日は何用ですかな」

儀右衛門がふと気づいたように安次郎を見る。

安次郎は傍に置いた手荷物を手前に引き寄せ、直助が持っていた荷とともに並べた。

「これは、なんでしょうか？　もう句集が出来上がったのですか」

安次郎は、いいえと答えて、首を横に振る。

「明日、彫りがうちに届きますので、摺りはこれからになります」

では、と儀右衛門の顔に疑念の色が浮かぶ。

「お願いがあってまいりました」

安次郎は切り出した。

「摺りでは、墨屑《すみくず》で作る漬け墨というものを、通常用いております。ですが、俳諧師の方々が句

集や歌集などを版行なさるとき、少々贅沢《ぜいたく》な墨にいたします」

直助が、はっとして安次郎に視線を向けた。

「兄ぃ」と、呟くようにいって、ぐすっと洟《はな》を啜った。

「それがどうかいたしましたか？　その漬け墨でなく、贅沢にしてもよいかというのならば、異存はございません。掛かりはもちろん、私どもでお支払いいたしますが……」

儀右衛門の声が疑り深いものに変わっている。

安次郎はいった。

「掛かりはもちろんのことでございますが、本日はお手伝いをいただきたいのです」

と、荷を開いた。大量の墨といくつかの硯《すずり》だ。

「これは、一体」

儀右衛門は疑念が啞然《あぜん》に変わり、それを眺めた。

「この墨を磨《す》ってもらいたいのです。これが句集、歌集の贅沢なのです。漬け墨とは違って、黒が黒として輝く色になります」

儀右衛門が「私が磨る、と？」と、呟いた。

「そうです。亡くなった息子さんを偲《しの》びながら、優しく、心穏やかに磨っていただきたいと思い、持ってまいりました」

私は、その墨で、摺らせていただきます、と安次郎はきっぱりといって、頭を下げた。

儀右衛門は一瞬、黙り込んだが、すぐに膝立ちで、安次郎に近寄ってきた。

「お手を。どうぞお手を上げてください。私が息子の句集のために力を尽くせるなど、これほど嬉しいことはありません」

儀右衛門の声が震えていた。

「叔父さま、わたしにもお手伝いをさせて」

傍にいたおなみが儀右衛門の腕にすがりついた。

安次郎は顔を上げ、背筋を正した。

「ありがとうございます。二百とはいえ、大量の墨が入り用になります。どうぞ、お二方、よろしくお願いいたします」

儀右衛門が、姪の手を優しく握る。

「私は、商いばかりで、息子の病に気づいてやれなかった。日に日に弱っていく姿を見ながら、何もできないことが悔しくてなりませんでした。弔いを派手にしたところで、心は冷えていくばかり。けれど、これもひとつの供養となるなら――いいや、息子のためにしてやれることが今更ながらあるなら――喜んで墨を磨りましょう」

ふたりは黙って墨を磨り始めた。

墨に練りこまれた香りが座敷の中に漂う。

一周忌法要の五日前に句集は出来上がった。

それを手にした儀右衛門は、丁を開いて、はらはらと涙を落とした。

広重の手による緑の葉に包まれた桜餅と、艶のある黒い墨が亡き息子の俳諧をくっきりと浮き上がらせていた。

上野の寛永寺の桜樹には淡い緑の葉が茂っていた。代わりに、躑躅《つつじ》の花が咲き始めている。もう夏だ。こうして咲く花を見るだけでも季節の移ろいを知ることが出来ると、安次郎は茶屋の縁台に座ってあたりを眺める。

人の流れも花見の時季とは違って、めっきり少ない。

そろそろ、昼九ツ（正午）の鐘が鳴る頃だ。

こちらに向かって歩いてくる武家の姿をみとめた安次郎は、腰を上げた。

「安次郎、待たせたな」

叔父の田辺俊之助だ。

「いいえ、さほど待ってはおりません」

ところで、と俊之助は険しい眼で、あたりを見回した。

「安次郎。お前、ひとりか？　長五郎どのは？　信太は？」

「来ておりません」

安次郎は即座に応えた。

「なんだと。一緒に来るはずではなかったのか？　それとも、お前、はじめからひとりで来るつもりであったのか？」

「そうです。長五郎の親方にしても、二十年以上も経ってから、詫びられても、おれを育てた礼をいわれても、今更仕方がないと思いまして」

俊之助がむっと眉間《みけん》に皺を寄せた。

「今更、というか。わしは、長五郎どのに頭を下げるつもりで来たのだ。お前を育ててくれた感謝を伝えようと。その思いがわからぬか」

顔に血の管を浮かせて、俊之助が声を張る。茶屋で休んでいる者たちが、俊之助へ一斉に眼を向ける。

俊之助は、うろたえ気味に視線を泳がせた。

「すまぬ。大声を出した」

「いえ、私が約定《やくじょう》を違《たが》えたのですから、お怒りも当然かと。けれど、詫びも礼も、叔父上の満足でしかございません。私とて三十を過ぎておりますよ。長五郎の親方にしても、今となっては叔父上になんと返答してよいのかわかりません。許す許さないで、またぞろ行き違いがあっては、遺恨を残すことにもなりかねません」

安次郎は淡々といった。

「しかし、な。わしの気がおさまらん。あの時は、田辺を存続させることしか考えていなかったゆえな。お前はすでに火事で死んだと届けてしまった。わしが田辺を継いだあとでだ。それは話しただろう」

叔父上、と安次郎は腰を下ろすよう促した。

胸元に盆を抱えた茶屋娘が、茶釜《ちゃがま》の陰から窺《うかが》うようにこちらを見ていた。

「娘、茶をくれるかっ」

俊之助はむすっと唇を曲げて、安次郎の向かいの縁台に座った。娘は、びくっと肩を震わせて返事をした。

「長五郎どのに詫びて、礼をいうことがなぜ悪いのか」

と、俊之助は腕を組んだ。

「もうやめましょう。もうふたりのいがみ合いやら、謝罪やら、見たくはねえですよ。親方にはおれからきちんと話します」

だとしてもだ、と俊之助はまだ納得がいかないようだった。だが、今日は、はっきりと伝えに来た。それだけは俊之助にわかってもらいたかった。

「ところで、叔父上。錦絵の線は何色かご存じですか？」

俊之助はその問いに怪訝《けげん》な顔をした。

「顔や着物、そうした輪郭を縁取《ふちど》っている線のことです」

安次郎は渋い茶を口にした。

「ああ、そういうことか。黒であろう？　墨の黒だ。それがどうかしたのか？」

ええ、そうです、と安次郎は答えた。

「なんの問答かの。わしになにを伝えたいのだ」

「たしかに墨です。黒は墨を用います。また、黒は、摺物では一番多く使用します。昔は色摺りがありませんから墨一色の墨摺絵でしたが、今でも絵双紙、読本の類《たぐい》では色を置いていないものがあります。錦絵では、輪郭を掌《つかさど》り、髪色にも使っております」

「そのようなこと、わかっておる」

失礼いたしました、と安次郎は軽く頭を下げる。

さらに、墨に姫糊《ひめのり》や礬水《どうさ》（膠《にかわ》と明礬《みょうばん》を混ぜ合わせたもの）、あるいは膠を入れた艶墨《つやすみ》という物も使っております、と安次郎は続けた。

艶墨は、何度か摺りを施すと、その部分だけに光、ようするに艶が出るのだ。襟元のわずかな部分であっても、それが良いと思うならば、摺師は艶墨を用いる。

まったく目立たない小さな部分でも、全体を眺めたとき、その艶墨が活きてくることがある。常に出来上がりの画を意識して、色を置く。

俊之助は深くため息を吐く。

「いい加減にせぬか。摺師の講釈を聞きに来たわけではないのだ。それよりも考えてくれたのか？　信太の養子の件は。信太に話してはくれたのか？」

痺《しび》れを切らせて、俊之助がいった。

「信太はお前の息子だ。立派な田辺家の後継なのだ。わしの養子となれば、武家として生きていけるのだぞ。一橋家にお仕えすることが出来るのだ。裏店《うらだな》で、つましく暮らすのもよいだろうが、みすみす武家の身分を捨てることはなかろう」

「それは、私にもいえることですか？」

安次郎が見据えると、俊之助は顎を引いて、

「それ――は、もちろんだ」

ぎこちなく応えた。

「今からでも遅うない。どうだ、いっそ父子でわしの処に来ぬか？　うむ。それがいい。それならば、信太も得心出来るのではないか？　お前は、次男であるから本来であれば部屋住みの身だ。生きていれば、お前の兄が田辺を継ぐはずだった」

それは叔父のいう通りではある。兄が生きていれば、おれは部屋住み者として妻帯もせず一生兄の世話になるか、どこぞの家に養子に行くか、だった。

しかし、もし、などということを考えたところで、どうなるというのだ。

おれは、長五郎の親方のもとで育ち、摺師になった。それのどこがいけない？　おれは自ら居場所を決めたのだ。

「再び、武士になれとおっしゃるのですか？」

「お前にそのつもりがあるなら、喜んで迎えよう。もう二十年以上も前のことだ。父子でわしの

養子になれば、なんということない。心配するな」

どうだ？　と俊之助は身を乗り出してきた。

「妻もきっと喜ぶ。屋敷の中が賑やかになるというてな。楽しみにしておる。妻には子が出来なんだ。それは、わしがお前を死人にした報《むく》いであろうと思うている」

安次郎は考え込んだ。茶はすっかり冷えている。いく人かが、茶屋を出て行き、また新たな客が来る。

己の行いの報い――。

なぜそれを、おれたち父子が埋め合わせなければならないのか。

「どうだ、返事をせんか」

じれた俊之助が返答を迫ってくる。

「あの、お茶をお持ちしますか？」

茶屋娘が安次郎に声を掛けてくる。

「頼むよ。それから、饅頭《まんじゆう》か、団子を、こちらのお武家とひとつずつ」

承知いたしました、と茶屋娘は踵《きびす》を返した。

俊之助が安次郎をじっと見つめている。安次郎は、やおら口を開く。

「墨が――」

俊之助が舌打ちした。

「また、墨の話か。安次郎、お前はわしになにをいいたいのだ。はっきりとせぬか」

苛立《いらだ》ちとも取れる口調でいうと、俊之助は唸った。

「ありがたいお申し出だと思っております」

ならば、と俊之助が足をずいと踏み出した時、茶屋娘が饅頭と茶を運んできた。

しかし、と安次郎は熱い茶を、ひと口含んだ。少し渇いた喉《のど》を湿らせるようにすうっと茶が落ちて行く。

「先ほども申し上げましたが、墨は一番多く使われる色です。そのため、常に墨を用意しておかねばなりません」

「それくらいは、わしでもわかるぞ。墨など磨れば良いではないか」

それは違います、と安次郎は静かにいった。

「摺物ではなくてはならない色です。常に用意していなければならない。大量に使用しますから、いちいち磨っているような暇はありません。墨は使い古しの、もう磨ることがかなわないような墨屑を使うのです。松煙墨、油煙墨だろうが、安物、高価な物構わずです」

それをすり鉢に入れ、水を差し、三昼夜ほど寝かせる。

「墨は、ご存じの通り、松を焼いた煤《すす》、菜種油、桐油《とうゆ》などを燃やした煤に膠や香料を混ぜて固めたものです。しかし水に浸けておくと、膠が腐って、ふやけて柔らかくなります」

俊之助は口を挟まず、安次郎がなにをいいたいのかを探るように険しく眉根を寄せる。

「それから、擂木《あたりぼう》で擂り潰し、布でこして、墨とします。これは漬け墨と呼ばれています」

ほう、と俊之助が感嘆を洩らし、わずかに表情を緩めた。

「そのように手間をかけておるのか、知らなんだ」

「一度に多く墨を作り置いていなければなりませんので」

「それをいうて、なんとする」

「ただの煤に戻るということです」

「ただの煤、だと？」

安次郎の言葉に俊之助は、戸惑いを見せた。

「煤を固めるために用いる膠を、武士や町人という身分にたとえれば、それを取り除いて残るものは、ただの人だということです。ただの煤、ただの人です。それではいけませんか？　私は裏店暮らしであろうと、卑《いや》しいとも辛いとも思っておりません。当たり前でしょう、仕事して、飯を食っている。人は、それで十分ではありませんか」

俊之助の顔がわずかに強張る。安次郎は茶を飲み干し、饅頭を齧《かじ》った。

「うまい。叔父上も召し上がってください」

むっと呻《うめ》いた俊之助は、饅頭を摑《つか》むと、千切るように食った。

「たしかにうまいな」

「武士だろうが町人だろうが、うまいものはうまいと感じる。いる場所が違うだけで、ただの人であるのは変わりない。私は、今の暮らしが愛《いと》おしい」

長五郎夫婦、その娘のおちか、直助、摺り場の仲間、五郎蔵店のお節介婆《ばあ》さんのおたき、浪人者の竹田、居酒屋のお利久、彫師の伊之助、有英堂の吉之助、次々と顔が浮かんでくる。そして、信太――再会した幼馴染《おさななじ》みの友恵。

「私は、叔父上に礼をいわねばならないのかもしれません」

安次郎はそういって、微笑《ほほえ》んだ。

「叔父上が、私を死んだ者としたからですよ。そのおかげで、私は今の暮らしを得ることが出来た」

それは皮肉か、と俊之助が返してきた。

「いいえ、本心ですよ」

俊之助は、ぽんと膝を打って、立ち上がった。

「もう十分だ。のらりくらりと妙な事をいいおって。お前の気持ちはようわかった」

銭を置いた俊之助が背を向ける。

「私は――」

安次郎は半ば呼びかけるようにいった。俊之助が歩き出そうとする足を止める。

「信太には、いずれ自分の事を話そうと思います。信太がなにを感じるかはわかりませんが」

「そうか」

振り向かずに歩き出した俊之助の背が、小さく見えた。

「ですが、私は叔父上と呼ばせていただきます。この先も」

俊之助の頭が縦に振られたように見えたのは見間違いだろうか。

信太の右の親指は動かない。刀を握ることはかなわない。左手が使えるようになっても、右腰に刀を差すことは出来ない。

それを話せば、叔父は得心出来たかもしれないが、それでは信太がいらぬ者とされる。左手で修練をしようとしている信太はまた辛い思いを抱えることになる。

それでは、おれと同じだ。

そのようなことは許せなかった。叔父にも同じことをさせたくなかった。

やはりおれは、曖昧な言葉で誤魔化そうとしたのだろうか。

いや、これでいいのだと、安次郎は思った。

第五話

毛割り

一

夏の陽射《ひざ》しが厳しくなり、摺《す》り場《ば》の中は、蒸し風呂《ぶろ》のようになっていた。

馬連《ばれん》を持つ手にも汗が滲《にじ》む。いつものように、腿《もも》の上で、一度馬連を滑らせてから、持ち手を決め、椿油《つばきあぶら》を染み込ませた布の上を滑らせる。

紙の上ですっすっと馬連を力強く動かし、色を決め込んでいく。紙に色が映ってくる。錦絵《にしきえ》は、紙の裏にも色が出てくる。

幾枚か摺るうちに、安次郎はどこか違和感を覚えていた。思っているより仕事が捗《はかど》らない。それは、今朝起きたときから感じていた。長屋の古株で、なにくれとなく安次郎父子の世話を焼いてくれる、おたきの飯もあまり食えなかった。飯が喉《のど》を通らないのも、暑いのも、夏のせいだ。前にもこんなことはあったような気がする。いや、もう歳《とし》なのかと、苦笑した。

けれど、組んだ脚に妙なだるさがある。腕も重たく感じる。と、

「おまんまの兄ぃ。背中に汗が流れて気持ち悪いんですけど」

隣に座る直助が舌を出して息をする。

「なんだ、直、犬っころじゃあるめえし」

摺り場の束《たば》ねがいうと、あちらこちらで笑いが起こる。直助は出した舌を引っ込めて、

「しょうがねえよ。大の男が幾人も狭い摺り場にかたまってるんだぞ。息苦しくもならあ」

と、拗《す》ねるようにいった。

「狭くて悪かったなぁ、おい」

摺り場に入ってきたのは、親方の長五郎だ。

途端に、皆、一斉に馬連を動かし始める。小僧たちも、膠《にかわ》と明礬《みょうばん》を混ぜ合わせた礬水《どうさ》を引いた紙を張った紐《ひも》に干し始める。直助は、肩を竦《すく》めて、長五郎を窺《うかが》う。

ふん、と鼻から息を抜いた長五郎はいつものように長火鉢の前に、どかりと腰を下ろす。

「おい、彫源からの版木は届いたかえ」

「いいえ、まだです」

束ねが応《こた》える。

長五郎は唇を曲げて、煙管《キセル》を取り出した。

「おい、喜八。彫源まで、ひとっ走り行って聞いて来い。あがっていたら、もらって戻れ」

喜八は紙を干す手を止めて、返事をした。

「今すぐ行ってまいります」

「頼んだぜ」

喜八は、摺長にいた摺師《すりし》の倅《せがれ》だ。父親は伊蔵《いぞう》といって、今は渡りの摺師としてあちらこちらの摺り場にいる。

色に対しても敏感で、なかなか筋もいい。まだ、幼い奉公人たちと礬水引きや漬け墨作りを任せているが、安次郎は時折、一色摺りをやらせている。

喜八は十二で、まだ手が小さく、力がないため、馬連も小さな物しか扱えず、初摺の二百を摺るのはとても無理だ。しかし、墨の置き方、その広げ方、隅々まで神経を渡らせ、丁寧に摺るのは、父親の伊蔵譲りだ。譲りといっても喜八は伊蔵が摺る姿を見たこともなければ、一緒に暮らしたことすらない。

それでも似ているのは、確かに父子であるからだろう。

人は、誰《だれ》しも自分はこの世でたった一人の存在であると思っている。もちろん、同じ人間はいない。しかし、必ず自分を産み落とした母親がいる。そして父親がいる。

自分ではまったく気づいていなくても、やはりどこか親と似ているのだ。性質なのか、姿形なのか。そのどちらもか。

おれは、どこが似ているか。すでにこの世にいない者と比べることは出来ない。が、叔父は、兄とそっくりだといっていた。つまり、安次郎の父親のことだ。確かめる術《すべ》はないとしても、命の繋《つな》がりを思わざるを得ない。

信太は、おれとどこが似ているだろう。

「あの……安次郎さん」

顔を上げると、喜八が立っていた。

「どうした？　彫源に遣いに出るんじゃなかったのか？」

「いえ、その」

喜八がもじもじしている。

「なんだなんだ、喜八。早く彫源に行って来いよ。こっちは、版木を待っているんだからよ」

直助が、唇を尖《とが》らせた。

「あの、実はお願いがあるのですが——」

「なんだ？」

安次郎は摺った紙を版木から剝《は》がして、次の紙を載せようとしたとき、手がぶるぶると震えた。身体《からだ》にぞわりと嫌な寒気が走った。

「兄ぃ？　どうしたんです？　え？　ちょっとちょっと」

覗《のぞ》き込んできた直助の顔がはっきりと見えない。

「なんでも、ねえよ」

冷や汗が顔を伝った。

「安次郎さん？」

「兄ぃ」

ふたりの声が妙に耳に響く。ああ、うるせえ。もう少し声を落とせねえのか。さらに汗が滲む。

不意に、眼《め》が回って、ふわっと、浮くような感覚が身体を包んだ。

「すまねえ、ちいっとぱかし――」

やっとのことで安次郎はいった。それが言葉になっていたかも、定かではなかった。

「おい、安！　どうした」

長五郎がこちらに近づいてくる足音まではわかったが、安次郎はそのまま摺り台の上に突っ伏した。

「おい、医者だ。医者を呼べ！」と、長五郎が怒鳴った。

「兄ぃ、死んじゃ嫌だ」

直の野郎、何をいっていやがる。おれを殺すんじゃねえよ。安次郎はそう思ったものの、言い返すことも出来なかった。

お初が、真っ黒に焦げた鰯《いわし》を箸《はし》で摘《つま》み上げて笑い転げた。

「本当に安次郎さんは、魚を焼くのが下手《へた》ね。これじゃ、食べるところがないじゃない」

安次郎は、むすっとしながら、バリバリと焦げた鰯を齧《かじ》る。

五郎蔵店で所帯を持って、一年。

温かい飯と味噌汁《みそしる》。焦げた鰯と、梅干し。長五郎の摺り場にいた頃《ころ》は、もっと品数があった。

長五郎の家では飯碗《めしわん》ではなく、どんぶり鉢で飯を食わせ、大皿に盛られたお菜が並んだ。住み込みは入れ替わりも頻繁にあったものの、安次郎を含めて、常時五人ほど。十から十五ぐらいまでの食べ盛りばかりだから、ウカウカしていると食いっぱぐれる。

もっとも、家族を失い、長五郎に拾われた安次郎は奉公人というより居候のようなものだった。まだ、摺師になるということも決めていなかった。時折、仕事を手伝ってはいたものの、紙屋や彫り場、版元への遣いに出るくらいのことしかしなかった。そのためか、飯も少々遠慮して食っている。

長五郎は、この先を決めるのはおめえの胸ひとつだといって、嫌な顔ひとつせず、余計者扱いもしなかった。結局、長五郎が目の前で見せてくれた、かけ合わせの摺りが、安次郎の運命を決めた。

摺った色の上に異なる色を載せて、別の色へと変える摺りの技法のひとつだ。

人はどんな色にも変わることができる。どの色を載せて、どんな色に変わるのかは自分次第だ、と安次郎は思った。そして、摺師になると決めてからは、飯をたらふく食った。

「ははは、いいぞ。若い者は食わなきゃ駄目だ。腹一杯、飯を食わなきゃ力も出ねえからなぁ」

長五郎はそういって、自分の膳《ぜん》からお菜をつまんで、安次郎の飯の上に載せた。

家族を火事で失った悲しみは消えなかったが、長五郎の許《もと》で暮らしていた年月は決して不幸ではなかった。摺師のおれを誰かが頼りにしてくれる、認めてくれる、それが嬉《うれ》しかったこともある。だが、紙問屋によく遊びに来ていたお初を見染め所帯を持てたときの嬉しさはそれ以上だった。

安次郎は焦げた魚を置いて、味噌汁を啜《すす》った。むっと、安次郎は顔をしかめる。

「おめえの作った味噌汁もしょっぱいぞ。味噌を入れすぎだよ。もったいないじゃないか」

「わかっているけど。おっ母《か》さんと同じように作っているんだけどな」

お初は瞳《ひとみ》をきょろりと上に上げ、空とぼけたように、首を傾《かし》げる。

何か都合が悪いときや、誤魔化したいときにお初は決まってその仕草をする。それは安次郎の胸を温かくした。

いま、お初の腹の中には小さな命が宿っている。あと半年すればおれたちの子に会えるのだ。それが楽しみでたまらない。男か女か。どちらでもいい。元気に生まれてきてくれればそれだけでいい。それから、お初だ。

こふこふ、とお初が咳《せき》をした。

「大丈夫か」

安次郎は身を乗り出した。

「平気、平気。昨日、ちょっと寒かったでしょ。井戸端でおたきさんたちと長話しちゃったのよ、それで」

「馬鹿だな。水を使いながら話をしていたのか。無理はするなとあれほどいっているじゃないか。自分の身体のこと考えろ」

安次郎が声を張り上げた。

「そんなに怒らなくてもいいでしょう」

こほこほ、とお初は再び咳をした。安次郎はお初の傍《そば》に近寄り、その背をさすった。

「もう、平気だから」

お初は無理に笑った。

「すまねえ。でかい声出しちまって。近所付き合いもいいが、ほどほどにな」

お初は身体が丈夫ではなかった。子も無理かもしれないと半ば諦《あきら》めかけていた。夫婦二人だけの暮らしでも、安次郎は構わないと思っていた。

子のいない夫婦など、世間にはたくさんいる。お初とそい遂げることが出来ればそれで満足だ。そう思っていたとき、子が出来た。嬉しかった。

ある日から、ずっとお初が青い顔をして、米が炊《た》ける臭《にお》いで胸が悪くなると、飯を食わなくなった。もともと熱を出すことも多く、風邪《かぜ》もひきやすい。しかし、このときは、そのどれとも違っていた。

医者を呼ぼうと考えて、おたきに告げると、

「そいつは、おめでただよぉ」

顔をくしゃっとさせて、キョトンとしていた安次郎の背を思い切り叩《たた》いた。

お初と子のために、もっと仕事に精を出さねば、と思った。男は単純だ。守るものが出来れば、そのために懸命になる。

腹がせり出してくると、「動いたわよ、ねえ、ほら」と、安次郎の手を取り、自分の帯のあたりに導いた。

お初の腹の上に手を置いてじっとしている。すると突然、ぐにゃりとした感触があった。安次郎は驚いて眼をしばたたいた。

「あたしたちの子が元気に動いているの。ほら、お父《と》っつぁんよ、わかる？」

お初は腹に話しかける。

「そんなのわかるはずないだろう」

安次郎が笑うと、お初は少し怒ったような顔をして、

「自分のお父っつぁんの手の温《ぬく》もりだってことぐらい、この子はちゃんとわかっています」

そう言い切った。

「わかるわよねぇ。あんたのお父っつぁんの手はね、そりゃあ、きれえな錦絵を作り出す手なのよ。きれえな色をいっぱい使って、仕上げるの」

よせよ、と安次郎がいっても、お初はやめなかった。

「お父っつぁんの手は、おっ母さんを優しく抱いてもくれるのよ。あんたのこともたくさん抱き上げてくれるから、安心して生まれておいで」

お初は腹の子に語りかける。

お初は母親の顔になって嬉しそうに、幸せそうに、言葉を継ぐ。

「ねえ、安次郎さんも話しかけて」

「それは、勘弁してくれよ」

安次郎は首を横に振る。

「ちゃんと、お父っつぁんとおっ母さんの声を聞かせてあげなきゃ。ね、安次郎さん」

お初が微笑《ほほえ》む。

「ほらあ、安次郎さん、照れないの」

「いいよもう」

お初は、そうだ、と楽しそうな顔をした。

「ねえ、摺りのことを教えてあげたらいいじゃない？　おまんまの安だもの。仕事のことなら、話せるでしょう？　安次郎さんって、あたしが訊《たず》ねてもちっとも教えてくれないじゃない？」

「そりゃあ仕事のことなど面白くないからだよ」

「そんなことないわよ。空摺りとか布目摺りとか。それにほら、髪の生え際の摺りも色がぼかされているのはどうやって摺るんだろうって思うもの」

安次郎はお初が畳み掛けるように話をするのに、ため息をついて、手を離した。

「あれは彫師《ほりし》のほうがすげえのさ。おれたちはただ摺るだけだよ。でもな、お初。摺りってのは技に優れているだけじゃいけないんだよ」

「どういうこと？　教えて、安次郎さん。ねえ」

安次郎さん――。

「安次郎！」

はっとして、安次郎は眼を覚ました。

天井がうすぼんやり見えた。どこだ？　うちか？　お初、どこだ？　違う。夢か。

「安。大《で》ぇ丈夫《じょうぶ》かえ？」

長五郎が眉《まゆ》を寄せて、覗き込んでいた。

「親方、おれは」

安次郎は困惑気味にいった。

「兄ぃ、よかった。いきなりぶっ倒れたから、死んじまうんじゃないかと思ったんだ。おれ、おれ――」

長五郎の隣にいた直助が目許を腕でこすった。

ああ、そうだ。思い出した。急に寒気がして、眼が回ったんだ。その後ぷつっと糸が切れたかのように倒れ込んだのだ。

周りの騒ぐ声が聞こえて、気が遠くなった。

「長いこと眠っていたんだぜ」

長五郎がようやく安堵《あんど》したというふうに息を洩《も》らした。

「身体から火が出るんじゃねえかと思うくらい、すげえ熱だったんですよ。あんのヤブ医者、もう助からないかもしれないとか吐《ぬ》かしやがって、悔しいの悔しくないの。でもやっぱり悔しいから、てめえみたいなどんな病でも葛根湯《かっこんとう》しか出さない葛根湯医者にくれてやる銭はねえ、と追い返してやったら、次の日、小僧の遣いが来て、一分寄越《よこ》せといってきやがったんですよ」

直助は嗚咽《おえつ》を交えながら早口でいう。その声が騒がしく、耳を塞《ふさ》ぎたくなる。まだ熱があるのか身体が熱い。頭もぼうっとしている。疲れた――。

だが、仕事が。

「親方。版木は届いたんですか？」

安次郎が訊ねると、長五郎が眼をまん丸く開いた。

「馬鹿野郎が。三日も熱に浮かされてた奴《やつ》が何をいっていやがる。今は仕事のことは忘れろ」

三日？　まさかそんなに、と困惑しつつ、

「ですが、伊之助さんの」

安次郎が上体を起こそうとしたとき、額に載せてあった手拭《てぬぐ》いが落ちた。

「ああ、駄目だよ、兄ぃ」

直助が慌てて、身を乗り出した。

それでも、起き上がろうとしたが、力が入らない。身体が鉛でも飲み込んでいるかのように重かった。ずっと寝ていたせいだ。きっと動き出せばなんとかなると、懸命に腕を突っ張った。

「よせっていってんのがわからねえのか。まだ横になってろ」

長五郎の厳しい声が降ってくる。

「そうですよ、兄ぃ。無理しちゃいけねえよ」

直助も真剣な顔でいう。

「まだ目付きがおかしい。いつもの兄ぃの眼じゃねえよ」

直助はまたぞろ泣きそうな顔になる。

まったく、おれはどうしちまったんだ。安次郎は息を吐いた。

「医者の話だと、ここんところ、熱が上がるたちの悪い風邪が流行《はや》っているんだそうだ。いつもなら寒い頃の風邪が、こんな暑い時期に増えるのが不思議だと首を傾げていたぜ。死人もちらほら出ているってことだ」

長五郎は安次郎に言い聞かせるようにゆっくりと話した。

「きちんと養生すれば、よくなるといっていたから安心しな」

「ですが」

「いいから、寝ていろ。あと三日。いや五日だ。それと信太のことは、長屋の婆《ばあ》さんに頼んであるから心配するな」

ああ、そうか。

少し気持ちを落ち着けなきゃいけない。病とは縁遠いと思っていただけに、自分自身が驚いてしまった。まったく情けねえ。安次郎は、目蓋《まぶた》を閉じた。

「そうそう、そうやって大人しくしているんだぜ。でも、気がついてよかったぜ。どうだ腹は減ってねえか？」

長五郎の問い掛けに、安次郎は首を横に振る。眠り続けていただけだったからか、まったく空腹を感じていなかったし、食う気も起きない。

「そうか。けど、粥《かゆ》ぐれえは食えるだろう。あとでおちかに運ばせるからな」

え？ と直助が小さく洩らした。

「あの、親方。おちかさんが兄ぃの世話をするんですかい？」

「てめえは何をいっていやがる」

長五郎が呆《あき》れる。

「だって、兄ぃはまだ起き上がれないんですよ。粥をふうふうして食べさせるなんて、そんなことは、おかみさんが、いや、おれがやりますよ」

「おめえには仕事があるだろうが！」

ふたりのやかましいやり取りを耳にしながら安次郎は再び息を吐いた。

二

伊蔵が、美人画の主版を手にして感心していた。主版は、画《え》の墨線だけを彫った版木だ。これをもとにして、校合摺《きょうごうず》りをして、絵師に色を差してもらう。

安次郎も隣から覗き込んだ。ようやく裏店《うらだな》を借りて、通いになったばかりだった。

「さすがは、彫源さんとこの頭彫りだ。いつ見ても惚《ほ》れ惚《ぼ》れしますね、伊蔵さん」

頭彫りは、その彫り場の親方、あるいは腕っこきの彫師を指していう。役者や美人などの人物画の髪の生え際を彫る、毛割りが出来る職人だ。

伊蔵が、ふんと鼻で笑って、安次郎を見た。

安次郎は、むっとして唇を曲げる。

「なんでですか。見事な毛割りじゃねえですか」

伊蔵は首を横に振って、「まだ甘《あめ》えなおめえもよ」と、素気無くいった。

「見るところが違うんだよ。確かに毛割りは、頭彫りの仕事だ。この線一本一本を彫るには相当な腕が必要だ」

毛割りは、極々わずかな間に、まさに髪の毛一本ほどの細さで彫りを施す技巧だ。絵師が描《か》く版下絵は、大まかな線でしか表現されていない。それは、生え際の彫りはすでに型として成り立っていたため、絵師が細かく描く必要がなかったからだ。

だから、と安次郎がいいかけると、伊蔵がぎろりと睨《ね》めつける。

安次郎は気圧《けお》されて、言葉を呑《の》み込んだ。

「安、頭彫りの彫師の腕は、毛割りだけじゃねえってことだ。顔も彫ってるのは知っているだろう？」

「そんなことはもちろん知っています」

いいかえ、と伊蔵は続ける。

「顔の輪郭、鼻の線を見ろってことだ。同じ太さで彫るか、それとも太さを変えて彫っているか。そうしたところに気を使っているのかどうかを見ろ」

毛割りは確かに細かい。しかし、型通りに修練を重ねることも出来る。むろん、修練すれば誰もが出来るという技ではないが、見る者を容易《たやす》く唸《うな》らせることが出来る、わかりやすい技だ、と伊蔵はいう。

「けどな、絵師の描く線をどう版木の上に表すのかが、彫師の真骨頂だ。こいつをよく見てみろ。顔の線はどうだ？　鼻の線は？」

安次郎は版木をじっと見つめる。

はっとした。

顔の輪郭線は、額から頬《ほお》に至るに従い、徐々に太く膨らみを帯びて、顎《あご》にかけ、また細くなっていく。同じように、すっと伸びた鼻も鼻梁《びりよう》にかけて、膨らみを持たせるように彫っている。

女の肌の柔らかさが表されていた。

「わかったか？　ただ彫っているわけじゃねえんだよ。絵師の下絵はあくまでも下絵なのさ。筆の趣はあっても肉筆画のような完成された画じゃねえ。それを踏まえて、どう彫ったら女の顔のふくよかさや、柔らかさが出せるかを考えて、彫師は彫っているんだ。つまりよ、彫師の小刀は絵師の絵筆と同じなんだよ。こいつが、同じ幅の線で彫られていたらどうだ？」

「なんの動きも感じさせず、女の色気もないかもしれません」

だよな、と伊蔵はにっと歯を見せた。

「版木はそういうところを見ろ。彫りが、ちゃんと画を描いているかを見るんだぜ。毛割りは確かにすげえよ。けどな、いっちゃ悪いが、毛割りはよ、所詮《しょせん》は――」

それを聞いて、安次郎は啞然《あぜん》とした。

「ああ、今いったこたぁ、彫師には内緒だぜ。ンなこと面と向かっていったら、大喧嘩《おおげんか》になるからな」

伊蔵が楽しそうに笑った。

彫師は小刀を絵筆にする。

版木の上で画を描くように刃を振るう。絵師の描いた版下絵を、ただ板の上に彫り写すだけではなく、彫師にも絵心が必要だということなのか。

それは、摺師がきちんと版元や絵師の要求に応えること以上に難しいのかもしれない。

彫師たちは、自分の道具を、他の彫師には見せないと聞いたことがある。

むろん、そういうところは摺師にもある。馬連は各々が自分の手に馴染《なじ》むように作る。大きさもまちまちだ。しかし、撚紐《よりひも》を渦巻状に巻き、漆《うるし》を塗った紙を当て、竹皮で包むという形に変わりはない。

だが、彫師は違う。小刀も人によって、刃の幅が異なるという。自分なりの、使いやすい物を作る。

それがどのような物であるのかは、決して教えないというのだ。

錦絵に、絵師の画号と版元とともに、彫師の名が入るのも、職人としての自尊心の表れであるのかもしれないと、安次郎は思う。

伊蔵の教えは、版木を見る安次郎の眼を養った。

版木の良し悪《あ》しがひと目で知れるようになった。誰の彫りか、信頼できる彫師かも、版木を見ればわかる。

ただ、彫りを知るほど、摺師の役割が小さく思えた。

絵師や版元は、彫師を名指しすることはあっても、摺師が直《じか》に望まれることはなかった。安次郎はそれが悔しかった。摺り場は、彫りが上がりかけている頃に決められることも多々あった。

それは、摺りが彫りよりも重要視されていないからだ。

それは、安次郎の迷いにつながった。

いくら技を施そうと、思った色が出せようとも、どこか満足がいかない。

あるとき、伊蔵と仕事終わりに飯を食いに出た。歩きながら、

「なあ、安。おれたち摺師は彫師に劣ると思うか?」

突然、問われた。伊蔵に心の底を読まれているような気がした。蟬《せみ》が降るように鳴いていた夕暮れ時だった。

「へへ、おれが彫りの見方を教えてからこっち、なんか考え込んでいるからよ」

それは、と口籠《くちごも》る。

「なんだよ。図星か」

伊蔵が肩を揺らした。

「彫師は錦絵に名が入っていますからね。おれたちはそれが出来ない。もっとも摺りはまず分業ですから、てめえひとりの名を入れられねえですが」

伊蔵の顔が険しいものに変わった。

「てめえはそんなつまんねえことを考えていやがったのか。そりゃあ、なんの言い訳だよ。いまだに武家の性根か」

その物言いに安次郎は色をなし、

「冗談も大概にしてくださいよ。今さら、武家だなんだと。おれはもう摺師だ。けど、彫師には敵わねえ。絵心なんか持ち合わせちゃいねえし、技だって彫りのほうが上だ」

そういって、足を止めた。

伊蔵が数歩先を行ってから、振り返った。

「そいつは合ってるが違うぜ。おれたちだって画を描くんだ。彫師は線だが、おれたちは彩色だ。同じだよ。空の下げぼかしは、元の色をどこまで下げる？　上げぼかしは色をどこまで上げる？ほんのわずかな色の具合でがらりと画の表情が変わるんだぜ」

摺りは錦絵の工程の最後だ。

「そういう色の塩梅《あんばい》を見抜いて、画を仕上げるのがおれたち摺師だ。拗ねてる暇があったら、腕を磨け。馬鹿野郎が」

絵師の色差しから、錦絵がどう摺り上がるのか、頭の中に描いておかなければいけない。さらに、色の合わせが悪いならば、絵師に意見することも厭《いと》わない。

「いいか。おれたち摺師はな、絵師がどんなにいい版下絵を描こうと、彫師がどんなにいい彫りをしようと、そのすべてを台無しに出来るんだ。けどな、その逆もある」

覚えておけよ、と伊蔵は突き放すようにいい、さっさと歩き始めた。

つまり、からっ下手な版下絵だろうが彫りだろうが、摺りがよければ魅せる錦絵に出来るということか。

彫りは絵師の線を活《い》かし、摺りはその両方を活かす。

安次郎は、その背を見ながら、小走りになる。

おれはまだまだ。そう思った。

気がつくと、伊蔵の姿が見えなくなっていた。あたりが暗く沈んでいる。

安次郎ははっとして目覚めた。

また夢を見ていたのか。どうして昔のことばかりを夢に見るのか。本当にお迎えが来るんじゃないかと、安次郎はまだぼんやりとした頭で考えた。

まったく、くだらねえ。

すっと障子《しょうじ》が開く音がして、手燭《てしょく》の灯《あか》りが安次郎の眼に眩《まぶ》しく映る。

「安次郎さま?」

聴き慣れた声に安次郎は首を回した。

「ごめんなさい、起こしてしまいましたか?　いま、灯りを入れますね」

友恵が座敷にそっと入って来た。

「なぜここに」

喉がからからでうまく声が出せなかった。

「直助さまがうちに飛び込んで来たのです。安次郎さまが倒れた。もう危ないって」

あいつ、やっぱりおれを殺す気だったんだ。安次郎が苦笑する。と、

「わたくしが長五郎さまにお願いしました」

友恵は行灯《あんどん》に火を入れ、安次郎の枕辺《まくらべ》にかしこまった。

三

安次郎は息を吐いた。

ずっと横になっているせいだろう。腰が痛んだ。ずきずきするような、重苦しいような嫌な感覚だった。少しでも楽になればと寝返りを打つが、それが余計に痛みを連れてくる。

長五郎は仕事のことは気にするな、といったが、それは無理な話だ。

彫源からの版木にはもうとうに取り掛かっているはずだ。

安次郎は、再び息を吐く。

もう六日になる。こんなに長く臥《ふ》せったのは、あの時以来だ。

家族を奪った火事の後だ。逃げる人々に蹴倒《けたお》され、安次郎は気を失った。それを長五郎に救われ、この家で養生し、摺師になった。

でも、あれは怪我《けが》だ。それを思うと病で寝込んだことは、ほとんどない。

いくら高熱だったといっても、まさか正体までなくすとは思いも寄らなかった。

おれもうもいい歳ってことか――。

安次郎は、ひとりごちて自嘲《じちょう》する。

馬鹿だな、なにを弱気になっているのか。いや、そうして否定をすること自体が歳を取った証拠なのかもしれない。若い頃は、どんなに仕事が続こうと、夜通し眠らなかろうと、疲れたとは思わなかったし、言葉にもしなかった。仕事も遊びも無茶は承知の上だった。

信太はどうしているだろう。おたきが世話をしてくれているから安心だとはいえ、厄介をかけてしまった。

夜もきっと添い寝をしてくれているだろう。寝小便をしなければいいが。

まだ、身体がだるい。安次郎は夜具から手を出して、額に手を当てた。もう熱はない。その代わり喉が腫《は》れているようだ。唾《つば》を呑み込むのが少し辛《つら》い。

随分と性質《たち》の悪い風邪に見舞われたものだ。そうだ。信太は大丈夫か。なにも聞かされていないということは、元気に違いないと思うより他はない。

「お目覚めですか？」

障子の向こうから、友恵の声がした。今朝も来てくれたのか、と安次郎は申し訳なく思う。

そろりと障子が開き、友恵が顔を覗かせた。安次郎を見るなり、ほっとした顔をする。

「よくお眠りになっていらしたからお声をかけなかったのですけれど。朝餉《あさげ》というより――もう昼近いですよ。お腹《なか》が空《す》いてしまったのではありませんか」

え？　と安次郎は戸惑い、眼をしばたたく。

「そんなに眠っていましたかね」

「ええ」と、友恵は座敷に入って来ると、少し風を入れましょう、と庭に面した障子を開ける。

強い陽が、紫陽花《あじさい》を照らす。

「もう蕾《つぼみ》があんなに。そろそろ雨がほしいですね」

友恵が振り返った。

逆光で表情は陰ってしまったが、その口調には優しさがあった。

「ああ、でも、摺り場では雨が大敵ですよね。紙が湿気を含むと伸びてしまうとか」

「よくご存じですね。直から聞きましたか？」

友恵は枕辺に膝を落として、水が張られている桶《おけ》を手にする。

「ええ、直助さまは摺りのことを色々と教えてくださいます。知らないことばかりなので、楽しいですよ」

そう、ほんとうに、と友恵が呟《つぶや》いた。

「もうすっかり色々知った気になっておりますけれど、生きているうちに知れることなどわずかしかありませんね。暮らす場所が変わるだけでも、ほんとうにさまざま違ってくるのですから。わたくしは長屋暮らしを通して、初めて耳にすること、学ぶことがたくさんありました。隣近所とのお付き合いもそうですし」

そうかもしれませんね、と安次郎は腰の痛みのためおざなりな応えをする。

「どこか、お辛いのですか？」

「いえ、あまり寝過ぎていたせいか、腰が痛みまして。大した事はありませんが」

「それならば、お摩《さす》りしましょうか？」

と、友恵が夜具に手を差し入れようとするのを、安次郎は慌てて止めた。

「そんなことをされては」

「これも看病です。ずっと横になっていたのですから、痛みますよね。遠慮なさらないでください。兄にはしょっちゅうやらされていましたから」

と、友恵はくすくすと笑う。

「新吾郎が？　友恵さんに？」

安次郎は思わず眼をしばたたく。

「お義姉《ねえ》さまより、わたくしのほうが上手だといって。お義姉さまには、嫌な顔をされましたけれど」

友恵が悪戯《いたずら》っぽくいう。

「さ、うつ伏せになってください」

いや、本当に、と、安次郎は夜具を押さえて抗《あらが》った。余計なことをいってしまった、と後悔しても後の祭りだ。

「わたくしではお嫌なのですか？」

「そうではなく」

歯切れの悪い物言いをする安次郎に、友恵が拗《す》ねたように唇を引き結んだ。そのとき、ばたばたと廊下を走る音がして、

「おまんまの兄ぃ、大《て》ぇ変《へん》だよ」

と、直助が障子を乱暴に開けて飛び込んで来た。が、友恵の姿をみとめるや、

「こりゃ、どうもお邪魔を」

と、慌てて後退《あとじさ》りして、再びぱたんと障子を閉めた。友恵が桶を手に持って立ち上がる。

「直助さま、どうぞ入っていらしてください」

へっと、廊下から頓狂《とんきよう》な声がした。

「丁度いいところにいらっしゃいました。安次郎さまは、お腰が痛むそうですから、直助さまが

摩ってあげてくださいね」

え？　と直助が眼を見開いてから、にまあ、と笑みを浮かべた。

「なんです、兄ぃ。照れ臭えんですか？」

「うるせえ」

安次郎は、図星を突かれてむすっとした表情をした。

「友恵さま、承知しました。兄ぃはどうしようもねえ照れ屋なもんで、おれが代わって世話をします。薬もおれが服《の》ませますよ」

じゃあ、薬湯をお持ちしますので、お願いしますね、と友恵はすたすたと座敷を出て行った。

安次郎は直助をぎろりと睨《にら》みつけた。

「なんですよう、怒っちゃ嫌ですよ。兄ぃは病人なんだから、面倒みてくれる友恵さまのいうこと聞かなけりゃ駄目ですよ」

「もう熱もねえし、仕事も出来る」

安次郎がいうや、直助が、へいへいと聞いているのかいないのかとぼけた返事をして夜具をめくりあげた。

「ほら、うつ伏せになってくださいよ。数日臥せると、腰が痛くなるのは当然ですよ。身体も鈍《なま》っちまいますからね、少し、揉《も》みほぐしましょう」

安次郎が、身を返して腹這《はらば》いになると、直助が背中を指でぐいぐい押してくる。

「どうです？　気持ちいいでしょ。おれ、実家の小間物屋で、年寄りの番頭の肩とか腰とかよく揉んでやったんですよ。いつも喜んでくれてね。そのうち居眠りし始めて、涎《よだれ》まで垂らして、汚えのなんのって。でも、おれ、それを見るのが嬉しくてね」

そんな話をしながら、直助は背や腰をいい力加減で揉んでいく。直助はお調子者で、多少、お節介なところもあるが芯は滅法優しい。それは、摺り場の誰もが認めている。

「で、直。大ぇ変ってのはなんだ？」

「あ、すっかり忘れてた。そうだ、喜八が」

「忘れるくらいのことなら大したことじゃねえじゃねえか。ま、いいさ。おれが臥せってる間に、喜八がどうしたってんだ」

直助は一瞬、ためらうように口籠りつつ、いった。

「実は、彫源の小僧と大喧嘩しちまったようなんですよ」

「喜八が、喧嘩だって？」

驚いた。他人《ひと》と喧嘩などするような子ではない。気遣いのできる優しい性質《たち》だ。よほど腹に据えかねることがあったのか。

聞けば、安次郎が寝込んだ日、喜八が彫源から受け取ってきた版木の浚《さら》いが見て取れるほど雑だったのだという。浚いは、彫り出した以外の部分をきれいに取り除く作業だ。細かい木屑《きくず》などが残らないよう整える。これは彫師でも、まだ半人前の者がやる仕事だった。

それがあまりにも酷《ひど》かった、と束ねが文句を垂れた。

「伊之助さんが、そんな半端仕事を見過ごすはずはねえだろう？」

安次郎が訊ねると、直助が頷《うなず》いた。

「そりゃあ、そうですが。伊之助さん、頭彫りを終えると、義理のある別の彫り場に助けに行っちまったらしくて、今はいねえんですよ」

「じゃあ、彫源の親方だっているだろうが」

「それが、運が悪かったというか、出掛けていたんですよぉ。古参の彫師に喜八が渡して、版木をあらためてもらったんですがね。浚いが甘いのは申し訳なかったってことで収まったというか、すぐにその場で取り掛かってくれて」

「それなら文句はないじゃないか」

直助がぐっと腰を押した。

「おい、痛えよ、直」

「ああ、すいやせん。うっかり力込めちまった」

まあ、いいさ、と安次郎が苦笑する。

「どうして、喜八と彫源の小僧との喧嘩に繋がるんだ？　浚いが甘いと喜八が小僧を怒鳴りつけるはずもねえ」

「それがね、喜八が話さないんですよう」

「話さない？」

安次郎が訊ねるも、喧嘩相手の小僧は喜八より歳上の十五で、と直助は続けた。

「相手が分かっているなら、そいつに訊けばいいだろう？」

「それも実ははっきりしねえんで。おそらく茂太郎《もたろう》っていう、おれも会ったことのある、生意気な小僧なんですが――驚いちゃいけませんよ、頭彫りだそうで」

「その歳でか？　そいつは、驚くなというほうが無理だろう」

「ま、そうなんですがね。伊之助さんもそいつの腕は認めているようです。彫源で二年ですよ、たった二年。他の彫師の技を見よう見まねで彫って、てめえの物にしちまったっていうから、才もあったんじゃねえかと」

ふうん、と安次郎は、うつ伏せのまま首を振る。

「喜八はどうしてる？」

「鼻血出して、両頰は腫れているし、腕にはひっかき傷がいくつもあって。喜八もおとなしいけど、やるときゃやるもんなんですね」

直助はふんと鼻から息を抜く。

そんなことを褒めてどうする、と安次郎は軽く息を吐く。

「相手の茂太郎も怪我したんじゃねえのか？」

「いえ、まったく。喜八より身体もでかくて、力も強い。傷ひとつついちゃおりません」

そういえば。寝込む前に喜八が、お願いがあるといって来た。結局、その後すぐに倒れてしまったので、聞きそびれていたが。

その茂太郎という彫師と、なにかしらかかわりのあることなんだろうか。

「ってことは、彫源に出向いて確かめたってことか？」

それが、頑として口を割らねえ、と直助がいった。

「彫源の茂太郎も同じで貝みたいに口閉じてます。湯でも浴びせりゃ、ぱかっと口が開くんでしょうが」

馬鹿いいやがって。まだ、頭がはっきりしねえのに。

「まあ、十五だったら、まだ前髪立ちか、それとも半元服を終えたぐらいだろう。だとしても、まだ子どもだ。こいつは、親方同士で解決したほうがいいと思うがな」

「ええ。彫源の親方もうちの親方もそう――」

直助は掌《てのひら》を使って、凝り固まった背をまんべんなく解《ほぐ》してくれている。心持ちがよくなって、目蓋がつきそうだ。直助が話をしているが、次第になにをいっているのかよく聞き取れなくなった。

「兄ぃ、兄ぃ。眠っちゃ駄目ですよ」

「あ、ああ、すまねえ」

「だからいったでしょ。おれはうまいんですから。まあ、ですからね、ふたりともだんまり決め込んでるから、親方同士もどうにもならねえって具合で」

それで、兄ぃに、いい方策はねえものかと伺いに来たんで、と直助がいった。

「喜八はさ、兄ぃの師匠みてえな伊蔵さんの倅なんだし、ここで奉公しているのも兄ぃの口利きでしょ。兄ぃだったら、喜八も話すかもしれないし。病み上がりっていうか、まだ臥せってる兄ぃを巻き込んじゃいけねえとは思ってたんですがね」

安次郎は考え込んだ。

まあ、喜八とその茂太郎という子との喧嘩が、摺長と彫源の間をぎくしゃくさせる事はないとはいえ、打っちゃっておくわけにもいかないだろう。

喜八が応じるかどうかだが、まずはここに来させてみようと思った。

「直、喜八を連れて来てくれ」

え？　いいんですかい？　と直助が眼を丸くした。

「いまは熱もない。養生しろといわれても、これ以上寝ていたら、摺りを忘れちまいそうなんでな」

「珍しいですね。おまんまの兄ぃが軽口叩くなんて。寝過ぎでつまらなかったんでしょう？　けど、友恵さまに冷たくしちゃ駄目ですよ。すごく心配してたんですから。毎日毎日、通って来て、本当に頭が下がりますよ」

「そんな事はお前にいわれなくても承知しているさ」

「わかってねえですよ。熱が高かったとき、汗びっしょりの兄ぃの身体を拭《ふ》いてくれたのも友恵さまですからね。おれがやるといっても聞かないんですから」

おれも、おちかさんに看病してもらいてえなぁ、と直助は夢見るような表情になる。

「馬鹿いうな。好きで熱に浮かされていたわけじゃないんだ」

「そりゃあ、わかってますけどね」

と、直助は唇を尖らせると、じゃあ、喜八を呼んできます、と素早く立ち上がり、座敷を出て行った。

だいぶ腰が楽になったと、礼をいう暇もなかった。床上げしたら飯でも食わせてやるかと、安次郎は軽く微笑んだ。むろん、友恵もだ。まさか、汗まで拭《ぬぐ》ってくれていたとは。

友恵はただの看病のひとつと考えていたのだろうが——おれは、どこまで甘えるつもりなのだといささか自分に腹を立てる。ひとりで生きているような気になっているのは、まさに思い込みだということを突きつけられるようだ。

病などにはむろんかかりたくはないにしろ、それでも、なんとなく今の居場所をあらためて確認させられた。おれの周りには、大事な人が多くいる。

やはり、気弱になっているなぁ、と安次郎は天井を見上げて呟いた。

四

喜八が直助と共に姿を見せた。

安次郎は起き上がって、喜八の顔を見る。なるほど、頬と唇が腫れて、額には右の目蓋を覆うほど大きな膏薬《こうやく》が貼《は》り付けられていた。相当殴られたようだ。ここまでになるまで彫源の奴らも子どもの喧嘩と傍観していたのだろうか。それとも、煽《あお》っていたのだろうか。

喜八はかしこまった脚に両の拳《こぶし》を載せて俯《うつむ》いた。

安次郎が顎をしゃくると、直助は頷いて、座敷を出て行った。直助の足音が遠ざかるのをたしかめてから、安次郎は口を開いた。

「喜八。ずいぶんやられたなぁ。痛くはないか」

そう問いかけると、喜八はぐっと唇を噛《か》み締めた。しかし、その瞬間、どこかが痛んだのか顔を歪《ゆが》めた。

「なあ、相手は、彫源の茂太郎って奴なのか?」

はたして喜八は黙り込んだ。

「一体、どんな行き違いがあったんだ?」

喜八はさらにきつく唇を引き結ぶ。そうか、と安次郎が呟いた。

「おれは、お前がわけもなく喧嘩をふっかけたり、他人を殴ったりするような性質《たち》じゃねえことは知っている」

喜八はぴくりとも動かず、視線を落としたままだ。

ふう、と安次郎は息を吐く。まだ、身体にだるさが残っているのを感じる。

「話したくなけりゃ、それでいいさ。お前にも意地があるんだろうからな。けど、長五郎の親方にはきちんと話せよ」

喜八が顔を上げる。

「彫源と摺長は、旧《ふる》い付き合いだ。互いの工房の職人同士がいがみ合ってちゃ、いい仕事が出来ねえだろう?」

喜八が、あっという顔をする。

「おれはうまいことはいえねえよ。お前を信じるともいわねえ。信じるなんて聞こえはいいが、相手を縛っちまう言葉だからな。気に染まないことがあっても、信じてるとかいわれりゃ、そのために身が縮こまっちまうだろう?」

あのな、と安次郎は笑いかけた。

「お前の親父《おやじ》の伊蔵さんは、ほんとに職人だったよ。彫りが悪ければ、彫り場に怒鳴り込むような人だった。だが、そういう人だから、自分の仕事には絶対に手を抜かない。当たり前のことだ。摺りが、錦絵の最後の工程だということを肝に銘じていた。この当たり前のことを忘れちまったら、絵師の版下絵も彫りも台無しにしちまう。酒にはだらしなかったが、仕事には厳しいお人だったんだよ」

そのせいで、他の職人に煙たがられていたのも確かだがな、と笑みを浮かべた。

喜八が少しだけ、もぞもぞと足を動かした。険しい顔がわずかに緩む。

風が、ふうわりと座敷に入ってきた。それと同時に少し気の早い蟬が鳴き始める。

安次郎は今年初めての蟬だな、と詮無《せんな》いことを考える。

蟬は土中に幾年も潜って、表に出てくると、その身を破って成虫になる。

暗い土の中から、外に出たとき、どれだけの明るさを知るのだろうか。人はいつもその陽の下にいるから、眩しさも明るさも当たり前だと思っている。

けれど、当たり前の事は、時々裏切る。雨が打ち続けば、恨み言をいいたくなるような、そんなことだ。

空の機嫌は人には如何《いかん》ともしがたいが、生きるうえでの当たり前は、積み重ねていかねばならない。崩さぬように。

「なあ、喜八。お前、おれになにか頼みたいことがあったんじゃねえのか？　そっちは話してくれてもいいだろう？　おれが幾日も寝込んじまったから、もう間に合わねえか？」

喜八は肩を震わせ、首を横に振った。

「それなら」

と、安次郎はわざと声を一段上げた。

「それなら、話してくれよ。むろん、おれにも出来ることと出来ないことがあるけどな」

安次郎は喜八の言葉を待った。

なかなか喜八は話し出そうとはしなかったが、蟬の鳴き声が一瞬止《や》んだとき、ようやく重たい口を開いた。

「じつは――絵師の工房に連れて行ってほしかったのです」

え？　と思わず安次郎は喜八をまじまじ見つめた。その視線を感じたのか、喜八はおどおどしながら、顔をまた伏せる。

「ああ、すまねえ。ちょっと驚いてしまってな。一体、なんのためだ？」

それは、と喜八が口籠る。

「錦絵の版下を描く絵師の筆を見たいんです。摺り場ではもう版下絵はなくなっちまうから」

ふうん、と安次郎は感心した。むろん、絵師の版下絵は幾度も見ている。が、そんなことを考えたことはなかった。

「でも、いいんですもう」

「なぜだ？」

喜八は、ぐっと今度はしっかりと顔を上げる。

「――おいら、彫源の茂太郎さんとは、ほんとは仲がいいんです」

どういうことだ、と安次郎は戸惑っていた。喜八は言葉を継ぐ。

「茂太郎さんは、まだ十五なのに、もう毛割りも任されるようなすごい人です。おいらなんか、一色の摺りだってろくろく出来やしないのに。使いで彫源に行ったときや、たまの休みのときには会って話をするんです。おいらが、そうしてこぼすと、いつもおいらばかりなんですけど、慰めてくれたり、励ましてくれたりするんです」

意外だった。そういう仲間だったのか。その茂太郎となにゆえ、顔が腫れ上がるほど殴り合ったのかが、やはりわからない。仲が良いからこその喧嘩ということか。

喜八は、どこか吹っ切れたのか、ぽつぽつと話し始めた。

茂太郎は早くに絵師だった父親を亡くして、母ひとり子ひとりの暮らしだったらしい。頭彫りといっても、いまだに彫源に住み込みの奉公人だ。通いの職人になるのは来年、前髪を落としてからだということだった。

茂太郎はそれを心待ちにしているという。

「なんだよ。それが気に食わないのか？　仲間に妬《や》いているのか？」

安次郎が意地悪くいうと、喜八は身を乗り出した。

「そんなことありません。おいらはすごく喜んでいるんですから。それと、茂太郎さんのお父っつぁんは、浪人者で」

武家か。

「細々と看板絵や菓子袋とかを描いていたそうです。狩野《かのう》を学んだって話でした。だから錦絵は描かないけれど、暮らしのためにそんなことをしていたそうです」

「それで、どうしてまた彫師に？」

喜八は、いいづらそうな顔をした。

「──お父っつぁんが憎いっていっていました。絵師になんか、しがみつかずにきちんと職を持っていたら、おっ母さんが苦労しないで済んだのにと。そのうち、大名家の障壁を描くのだと、いつも夢みたいなことといって。今がどん底だから、そのうち這い上がるって。けど、五年前、酒をたらふく呑んで、川に落ちて死んじまったって。自分はそんなふうにはならないと、決めたといっていました」

その後、長屋の大家の伝手《つて》で彫源を見つけてもらったという。茂太郎は彫師になるつもりも、そんな望みもなかったが、手に職をつけたい、それだけで世話になることに決めた。

しかし、父が絵師というだけあって、生来、手先が器用だったのだろう。彫源に奉公に上がって、どんどん自ら彫りを学んだという。幾度も彫りを施されて薄くなった版木を板屋から譲ってもらい、夜も懸命に修業した。

その甲斐《かい》あって、今では頭彫りにまでなった。

「おいらも嬉しかったです。茂太郎さんはすごいなぁって。歳は三つ上だし、兄貴みたいに思ってて。摺師でも、版下絵は見たほうがいい。絵師が描きたいところがわかるからって」

喜八は、恥ずかしそうにいいながら、

「本当にそうですか？」

と、安次郎を真っ直《ます》ぐに見た。

「版下絵を見ることは無駄じゃねえとおれも思う。色もついていねえ、墨一色のものだが、それを見ると、おれたち摺師はどんな色を載せたらいいか考え出す。画が見えてくるようになるんだよ。それが絵師の選んだ色と同じだったら、つい嬉しくなる。なるほど、それで絵師の工房か」

安次郎がいうと、喜八は少しだけ嬉しそうな顔をしたが、

「でも、この頃、茂太郎さんがおかしくなっちまって」

すぐに顔を曇らせた。

安次郎は、その夜また熱を出した。喜八と半刻《はんとき》（約一時間）ほど話をした後だ。また急に寒気がした。まったくしつこい風邪だと、ため息を吐《つ》く。

むろんたいした熱ではないが、それでも身体のだるさは抜けない。

薬湯を服んでいるにもかかわらず、まったく効き目がない。

藪《やぶ》医者なんじゃないかと、白い髭《ひげ》をたくわえた医者を少しだけ恨んだ。とはいえ、こうして、上がったり下がったりしながら、治っていくと思うしかない。

こんなにも、馬連を握らなかったのは、摺師になって初めてだ。

喜八のいさかいは、茂太郎が、幼い奉公人を張り飛ばしたことがきっかけになったらしい。別の摺り場から、版木が戻されてきた。毛割りが潰《つぶ》れて、摺れない、彫りが甘いからやり直せといわれたのだ。

それは、茂太郎が彫ったものだった。

使いから戻った幼い奉公人が、恐る恐る版木を茂太郎に差し出した途端、

「こいつはおれのせいじゃねえ。摺師のぼんくらが勝手に鑿《のみ》を当てたに違いない。おめえも黙って受け取って来るな」

と、その頬を打《ぶ》ったという。

むろん、幼い奉公人は泣き声を上げる。彫り場が騒然として、彫源の職人たちも一斉に立ちあがり、その中のひとりが茂太郎を怒鳴った。

「近頃、手ぇ抜いているんじゃねえのか？　先だっても、おめえの色版に文句が来たじゃねえか。ちいっとぱかし彫れるからと驕《おご》るんじゃねえ」

そこに、喜八はたまたま居合せた。渋いを終えた版木を受け取って、茂太郎といつものように話を交わして帰ろうと思ったときにその騒ぎが起きた。

「おれは頭彫りだぞ。てめえらなんざ何十年も彫りをやっていながら、いまだに胴彫りだの渋いだのしか出来ないじゃないか。おれに意見するんじゃねえ」

ほとんどが歳上の職人たちだ。茂太郎は胸倉を摑《つか》まれ、張り飛ばされた。積まれた板に吹き飛んだ茂太郎に、喜八は思わず駆け寄った。

茂太郎は、喜八を見ると、一瞬、ほっとした顔をしたが、すぐに険しい顔をして素早く立ち上がると、工房を飛び出した。

「茂太郎さん！」

喜八は板木を抱えたまま、その後を追った。

工房の裏手の塀に背中を預けて、茂太郎は荒い息をしていた。喜八に気づくと、ぎろりと睨めつける。そろそろと喜八が近寄る。

「大丈夫かい？」

「なんだよ。見せ物じゃないぞ」

茂太郎は、喜八が抱えている包みに気づくと、

「また、小僧の使いかよ」

ぶっきらぼうに言い放った。

「これは、浚いを──」

茂太郎の顔色が変わった。喜八は、しまったと思った。いうべきではなかったと後悔したが、遅かった。茂太郎は包みに手を伸ばし、喜八から強引に奪い取ると、せせら笑った。

「ちょっとぐれえ浚いが甘いのは、摺り場で整えてくれよ。それともなにか、摺長じゃこんなことも出来ないのか。大体、摺師なんてのは、いわれたことだけやればそれでいいんだからな。楽なもんだ。浚いなんてこっちに余計な仕事を増やすなよ。摺師なんざ下っ端のくせに」

喜八は耳を疑った。

いつも励ましてくれた茂太郎のこれが本音なのか、と。

版木は堅い山桜を使う。しかし、木はどうしても季節や湿気によって伸びたり縮んだりしてしまう。むろん、見当は、主版も色版もきちりと重なるように彫られているはずではあるが、木の伸縮で、ずれることがある。そのずれを、角鑿《かくのみ》などを用いて、綺麗《きれい》に整えるのは摺師の仕事であ

る。浚いが甘いのも、多少なら摺り場で手を入れてしまう。

茂太郎がいったのはそのことだ。

とはいえ、浚いがまずいのも許せる範囲がある。それに、彫源とは旧知の仲だ。

小さなことでもいい合える間柄ゆえに、別の彫り場の仕事なら、目をつぶるような少しの粗い浚いでも、彫源にはかっちり伝える。それは、親方同士、承知していることでもあった。

「おれは頭彫りなんだよ。一分（約三ミリ）に十本以上の髪の毛が彫れる。絵師は、髪の生え際を描いてねえから、頭彫りが板木の上に描くのよ。摺師にそんな技はねえよなぁ、あははは」

喜八はそれを聞いてかっと血を上らせた。気がつけば、茂太郎に向かって突っ込んでいた。

けれど歳上で、身体もひと回りほど大きな茂太郎に敵うはずはなかった。

「おいら、小さな子の頬を張ったり、兄さんたちを怒鳴ったり。そんな茂太郎さんを見るのが嫌だったし、なにより摺長が馬鹿にされたと思って、悔しくて」

喜八はぎゅっと目蓋を閉じた。

「腹の底では、摺りを馬鹿にしていたんだ」

喜八は、悔しそうに身を震わせた。

「それに、おいらのこともそういう眼で見ていたのかと思ったら余計に——安次郎さん、摺師はそんなに下っ端なんですか？　いわれたことだけ出来ればそれでいいんですか？」

喜八は声を振り絞った。

その姿が必死だった。喜八は、父親の伊蔵の摺りに憧《あこが》れた。その色の美しさに惹《ひ》かれた。自分の色を作ってみたい、そう思って摺師になった。

父親の仕事も汚された気持ちになったのかもしれない。

「なあ、喜八」

安次郎の声に喜八が眼を開ける。

「いわれたことだけ出来ればいい、それが摺師なんだ」

え？　と喜八の顔に落胆が張りついたようになる。

「がっかりしたか？　けどな、茂太郎のいう通りだよ」

「そんなことあるもんか！　だって、お父っつぁんも安次郎さんも、直助さんもみんな――」

「いわれたことをきっちりやっている。それだけのことだ」

安次郎は静かな口調でいった。

喜八が腫れた頰をさらに膨らませた。

「ただ、それが一番難しいんだ。絵師や版元、なにより買い求める客が見るのは、おれたちが摺り上げた錦の絵だからな。おれたち摺師は、絵師がどんなにいい版下絵を描こうと、彫師がどんなにいい彫りをしようと、そのすべてを台無しに出来るといったろう？」

はっとしたように喜八が惚《ほう》けた顔をする。

「まあ、茂太郎って奴もいまは毛割りでいい気になっているようだが、本当に彫師の実力がわかるのは、顔と鼻の線だ、覚えておけ。それに毛割りってのは――」

伊蔵がいった言葉を安次郎は喜八にそのまま伝えた。

「毛割りの凄《すご》さは確かにある。これだけ細く、細かく彫れると見せつけてくる。けれど、あれはな、ただの大道芸と変わらない」

「大道芸？」

喜八が呆気《あっけ》に取られた顔をして、ぼそっと呟いた。かつて、伊蔵にそう告げられたとき、安次郎もこのような顔をしていたのだろう。

「でも、でも、茂太郎さんの毛割りは本当に凄いんですよ。他の彫師よりも細くて、一分に十本以上の――」

「細い？　細かいか？　だから、大道芸なのさ。皆をあっといわせることが出来るからな。顔や鼻の線は目立たない。けど、女が生き生きして見えるのは、線が生きているからだ」

でも、茂太郎さんはすごいんだ、と喜八は怒ったように立ち上がり、座敷を出て行った。

なんだ、と安次郎は微笑みながら、横になった。

殴り合いの喧嘩をしても、茂太郎を腐されれば怒っていやがる。これなら、大丈夫だろう。

しかし、毛割りが潰れたというのは、本当のことだろうか。いくら、頭彫りとはいえ、まだ十五だ。伊之助もきちんと眼を通しているに違いない。

彫りに甘さがあれば、伊之助が手を入れるだろう。

考えたくはないが、別の摺り場で、小生意気な茂太郎に灸《きゅう》を据えるような真似《まね》をしたのか。

安次郎は天井を見上げていたが、微熱も手伝ってか、うとうとし始めた。

今夜は、友恵が来なかった。あれで気を悪くさせてしまったか。臥せってから、連日顔を見せていた友恵の顔を見られないのは、やはり寂しかった。

直助がそろりと顔を覗かせた。

「兄ぃ。喜八の奴、厠《かわや》で泣いていやがった。なにいったんですよ」

「当然のことをいっただけだ。あ、それとな、ひとつ頼まれてくれるか」

直助が、嬉しそうな顔をして、眼を輝かせた。

「なんでもいってくださいよ。臥せっている間はおれがなんでも代わりをしますから」

「茂太郎の彫った毛割りに文句をいってきた摺り場を探ってくれ」

安次郎は三日後、床上げをした。

友恵は何事もなかったかのように、「腰はまだ痛みますか?」と訊ねてきた。別段、気を悪くしていないようなので、安次郎は安堵した。床上げを伝えると、嬉しそうに頷き、礼をいう間もなく、

「信太ちゃんにお伝えしてきますね」

と、座敷を軽やかに出て行った。

その日、長屋へ一旦《いったん》帰った安次郎は、信太とともに湯屋《ゆや》に行きゆっくりと浸《つ》かり、垢《あか》を流してから、摺り場へ戻った。

すでに仕事をしている職人たちが、よかったよかったと口々にいう。

「おう、安。湯屋に行ってさっぱりしたろう」

長火鉢の前に座って煙管を吹かしていた長五郎が嬉しそうに、安次郎を見上げた。

「ええ、おかげさまで。ずっとこちらで養生させていただきましてありがとうございます。ご迷惑をおかけいたしました」

かしこまった安次郎が頭を下げると、

「いいってことよ。もともと、お前はこの家にいたんだ。ここは、実家だ、実家」

「そこまで図々《ずうずう》しくはございませんよ」

長五郎の言葉に思わず苦笑を洩らした。

「それにしても、長いこと掛かったもんだ。安、お前の仕事はたんまり溜《た》まっているからな」

「病み上がりですよ、そんなには出来ませんが」

がはは、と長五郎が笑う。

「寝込んで、軽口の修練でもしていたのかえ？　まあ、お前のことだ、馬連を握りたくてうずうずしていたろうが」

安次郎は、まあ、そうですね、とため息交じりに応えた。

「掛かった薬袋料は給金から差し引いてください」

長五郎は、おうと応える。

「そのあたりはきっちりさせてもらうから、気にすんな」

で、と長五郎が顔を寄せてきた。

「茂太郎と喜八のこと、直から聞かされて彫源に出向いたよ。まったく、つまらねえ真似をする摺り場もあったもんだ。呆れて物もいえねえ。茂太郎の、頭彫りだというその鼻っ柱を折ってやろうなんて、わざと鑿を入れたそうだ。彫源も怒り心頭でよ。二度とその摺り場と仕事はしねえし、版元にもいってやるといってたぜ」

「ご厄介をおかけいたしました」

「彫源でも、茂太郎と他の彫り師とで、まあ色々あったようだが、それがわかって、伊之助がなんとか収めた」

そうか、伊之助さんが、と安次郎は口許を綻《ほころ》ばせた。

「けどな、茂太郎もちょいとは反省したっていうかよ、必死だったようだな。頑張って虚勢張ってたんだろうよ。仕方ねえや。で、茂太郎と喜八はどうなったんだえ？」

「さあ、どうでしょうか」

安次郎は素っ気なくいう。

「なんだえ？　ふたりのことは、お前が丸く収めたんじゃねえのか？」

「おれは臥せっておりましたし、なんにもしておりませんよ——直が喧嘩のことも、摺り場も探ってくれたんですよ」

長五郎が、むすっと顔を歪め、

「あいつも、こういう時は役に立つんだな」

不承不承に頷いた。

安次郎は、ふっと笑った。

「どうしたい。何が、おかしいんだ」

夢を見ました、と安次郎は口にした。

「夢だって？　熱で寝込んでいたときか」

「ええ、そうです。お初や伊蔵さんや、昔のことが妙に鮮明に出てきました」

おいおい、三途《さんず》の川ぁ渡りそうだったのかえ？　と長五郎が茶化すようにいう。

「まあ、そんなところでしょうか。おれにも思い出せるような昔があるんだと。ですが、青臭い頃の自分がおかしかったですよ、目が覚めてから。ただ、思ったんです。喜八や茂太郎もそうして育って行くのだと。間違いや勘違いをしながら、いろんな物を溜め込みつつ。おれたちの後を継いでくれる若い者がちゃんといるんだと思いました」

絵師の父親の手先の器用さを受け継いだ茂太郎と、伊蔵の色を受け継ぐであろう喜八。

彫師と摺師が手を携《たずさ》えれば、いい錦絵が出来る。

「なるほど、違《ちげ》えねえ」

いっそ楽しみだ、と長五郎は煙管の灰を落とした。

安次郎は背筋を正す。

「喜八に色版をやらせようと思いますが、お許しいただけますか?」

まあ、構わねえが、早くはねえか、と長五郎は心配そうな顔をした。

「たぶん、大丈夫ですよ。あいつには茂太郎がいます。いい彫師の彫った版木を摺りたいと摺師は思いますから。喜八はその思いも強いはずです」

「おめえと伊之助みたいなもんか」

長五郎は無精髭を撫でる。

おい、喜八、と長五郎が声を上げた。

「はい、ただいま」

喜八の返事が台所から聞こえて来た。その声が、安次郎の耳には弾んでいるように思えた。

だが、喜八より先に摺り場に入って来たのは、直助だった。

「わああ、兄ぃだ、お帰りなさい」

「てめえ、また遅れやがったな」

長五郎の声がすかさず飛んだ。

「今日ぐらいいいじゃねえですか。おまんまの安が戻って来たんですから」

「馬鹿、大袈裟《おおげさ》だよ」

安次郎は直を手招くと、耳を摑んで引き寄せた。

「あ、痛いよ、兄ぃ。え? なんです? と、友恵さまに『りく』でご馳走《ちそう》したいんですか。ああ、そりゃいいい」

安次郎は直助の耳から手を放すと、頭を張り飛ばした。痛え、と転がる直助を、摺り場に入って来た喜八が驚いた顔で見つめ、摺り場は笑いに包まれた。

初出

第一話　縮緬の端切れ　「ランティエ」二〇二〇年二月・四月号
第二話　張り合い　「ランティエ」二〇二〇年六月・八月号
第三話　邂逅の桜　「ランティエ」二〇二〇年十月・十二月号
第四話　黒い墨　「ランティエ」二〇二一年二月・五月号
第五話　毛割り　「ランティエ」二〇二一年六月・八月号

装幀　アルビレオ
装画　高杉千明

梶よう子

かじ・ようこ——東京都生まれ。２００５年「い草の花」で九州さが大衆文学賞大賞を受賞。08年「一朝の夢」で松本清張賞を受賞。15年『ヨイ豊』で直木賞候補、16年同作で歴史時代作家クラブ賞作品賞受賞。23年『広重ぶるう』で新田次郎文学賞を受賞。著書に「摺師安次郎人情暦」、「御薬園同心水上草介」、「みとや・お瑛仕入帖」、「とむらい屋颯太」シリーズ、『空を駆ける』、『我、鉄路を拓かん』、『三年長屋』、『焼け野の雉』など多数。

梶よう子

こぼれ桜《ざくら》

摺《すり》師《し》安《やす》次《じ》郎《ろう》人《にん》情《じょう》暦《ごよみ》

二〇二三年八月八日　第一刷発行

発行者　角川春樹

発行所　株式会社　角川春樹事務所
〒一〇二-〇〇七四
東京都千代田区九段南二-一-三〇
イタリア文化会館ビル
電話　〇三-三二六三-五八八一（営業）
〇三-三二六三-五二四七（編集）

印刷・製本　中央精版印刷株式会社

ISBN978-4-7584-1445-6　C0093　http://www.kadokawaharuki.co.jp/

Kadokawa Haruki Corporation